DR. MORAG KERR

KÄTZCHEN KATZEN & KATER

PFLEGE · ERNÄHRUNG · KRANKHEITEN

DR. MORAG KERR

KÄTZCHEN KATZEN & KATER

PFLEGE · ERNÄHRUNG · KRANKHEITEN

Deutsche Ausgabe:
ISBN 3-8212-0881-3

Am Hehsel 40, 2000 Hamburg 63
Übersetzt aus dem Englischen von Beate Wellmann, Heidelberg
Einbandgestaltung: Künne + Künne Werbeagentur, Hamburg
Satz: KCS GmbH, Buchholz/Hamburg
Printed in Italy

Die englische Originalausgabe erschien 1988
unter dem Titel »An Introduction to Cat Care«
im Verlag Apple Press Ltd., London

Inhalt

Ein neues Familienmitglied

▲ *Kleine Katzen brauchen zwar nicht unbedingt warme Milch, freuen sich aber meist sehr darüber.*

▲ *Fröhliche Spielgefährten*

Was spricht für ein Haustier?

Die Beziehung zwischen Mensch und Haustier ist etwas ganz Besonderes, einmal deshalb, weil wir uns (zu recht oder zu unrecht) immer als den dominierenden Partner in dieser Beziehung sehen, zum anderen, weil die Kommunikation mit einem Lebewesen, das uns manchmal so völlig fremd ist, eine Erfahrung darstellt, die mit keiner zwischenmenschlichen Beziehung vergleichbar ist. Die Bindung zwischen Mensch und Tier geht manchmal sogar so weit, daß der Mensch sich seinem Haustier gegenüber sehr viel gelöster geben kann, als ihm das bei einem anderen Menschen möglich wäre.

Ein Tier im Haushalt kann für Kinder eine große Bereicherung darstellen. Sie lernen, Verantwortung für jemanden zu übernehmen, der völlig abhängig von ihnen ist, und eine Beziehung zu jemandem aufzubauen, der sich durch Trotzen oder Schmollen überhaupt nicht beeindrucken läßt.

Man hat festgestellt, daß bei Leuten, die unter Streß stehen, der Blutdruck sinkt und das Herz ruhiger schlägt, wenn sie ein Haustier streicheln. Verwirrte ältere Menschen oder geistig Behinderte können durch ein Haustier aus ihrer Isolation herausgeholt werden.

Haustiere sind also, im Grunde genommen, etwas Positives.

▲ *Katzen scheinen sich wirklich überall wohlzufühlen — hoch oben ebenso wie tief unten.* ◀

Was spricht für eine Katze?

Eine Katze verfügt über die zuvor geschilderten Eigenschaften in höherem Maße als irgendein anderes Haustier, aber daneben spricht auch noch viel anderes für die Wahl einer Katze. Viele Menschen haben einfach von Natur aus ein Faible für Katzen. Wenn Sie nicht zu diesen Leuten gehören, sollten Sie sich besser für ein anderes Haustier entscheiden. Es gibt jedoch viele vernünftige Gründe für das Halten einer Katze. So sind Katzen im Vergleich zu Hunden relativ anspruchslose Gefährten. Sie müssen nicht ausgeführt werden und haben meist nicht viel dagegen einzuwenden, wenn sie allein zu Hause bleiben sollen. Sie sind daher ein geeignetes Haustier für Berufstätige oder Menschen, die in ihrer Beweglichkeit eingeschränkt sind. Katzen sind sanft und elegant, sauber und anschmiegsam und begnügen sich, anders als Hunde, mit einem friedlichen Zusammenleben auch ohne offene Sympathiekundgebungen. Durch ihre zur Schau gestellte Reserviertheit und Unabhängigkeit geben sie den von ihnen erwählten Menschen das Gefühl, besonders privilegiert zu sein.

Verantwortung gegenüber der Katze

Wenn Sie sich eine Katze anschaffen, nehmen Sie damit ein neues Familienmitglied auf, das Ihnen viel geben wird, andererseits aber auch ein Leben lang völlig auf Sie angewiesen sein wird. Eine Katze braucht Nahrung, Unterkunft, Gesellschaft und medizinische Versorgung, und das alles zu jeder Zeit, nicht nur, wenn es Ihnen gerade zeitlich oder finanziell gelegen kommt.

Katzen sind keine besonders kostspieligen Haustiere, aber man muß trotzdem Geld für sie ausgeben, und Sie sollten sich darüber im klaren sein, daß das Futter für eine

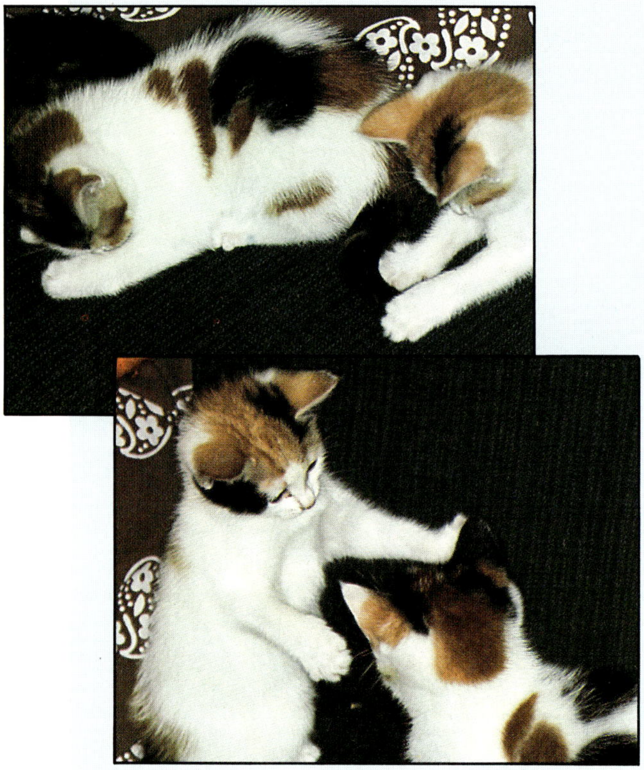

▲ *Wurfgeschwister tollen miteinander herum und vertreiben sich die Zeit, wenn ihre Menschen außer Haus sind.*

Katze teurer ist als für einen Hund bis zur Größe eines Cockerspaniels. Die meisten Leute gehen davon aus, daß sie ihr Haustier überleben werden, aber da sich die Dinge oft anders entwickeln als erwartet, sollten Sie Ihre Katze in Ihrem Testament berücksichtigen, d. h. sich Gedanken darüber machen, wer sie im Falle eines Falles versorgen könnte, und demjenigen etwas Geld für die dadurch entstehenden Kosten hinterlassen.

Die Menschheit besteht nicht nur aus Katzenfreunden, und Sie sollten sich darüber im klaren sein, daß durchaus

Verantwortung gegenüber anderen Menschen

Die Menschheit besteht nicht nur aus Katzenfreunden, und Sie sollten sich darüber im klaren sein, daß durchaus nicht jeder Ihren kleinen Liebling vorbehaltlos bewundert. Sicher stellt ein schlecht erzogener Hund eine größere Gefahr dar als zehn Katzen, und niemand erwartet, daß eine Katze Ihnen aufs Wort folgt, aber das enthebt Sie keinesfalls jeglicher Verantwortung. Unkastrierte Kater können schon eine ganz erhebliche Belästigung darstellen — in der Paarungszeit schreien sie die halbe Nacht herzzerreißend, sie verspritzen übelriechenden Urin in ihrem Revier — und selbst wenn Sie persönlich das nicht allzu sehr stört, so ist die Duldung solchen Verhaltens doch nicht sehr rücksichtsvoll gegenüber Ihren Mitmenschen.

▶ *Katzen belegen ganz selbstverständlich jeden Winkel des Hauses mit Beschlag — also Vorsicht, wenn Sie mit einem vollen Tablett die Treppe herunterkommen!*

Wenn Sie keinen Garten haben, benötigen Sie unbedingt eine Katzentoilette. Auch wenn Sie die Toilette im Freien unterbringen können, müssen Sie sich Gedanken über den Standort machen und dürfen die regelmäßige Säuberung nicht vergessen. Teilen Sie einen Garten mit anderen, so denken Sie daran, daß die Katzentoilette den Nachbarn stören könnte und er vielleicht nicht gerade begeistert ist, wenn Ihr kleiner Liebling die Blumenbeete umgräbt. Manche Leute sind allergisch gegen Katzenhaare. Auch hygienische Aspekte müssen berücksichtigt werden. Nicht nur Ihret- oder Ihrer Katze wegen müssen Sie dafür sorgen, daß Ihr Haustier keine Parasiten oder ansteckenden Krankheiten hat, auch andere Katzen und Menschen müssen davor geschützt werden. Eine regelmäßige medizinische Versorgung ist daher unumgänglich.

Was spricht gegen eine Katze?

Jedermann weiß, daß Katzen sauber sind — vielleicht aber doch nicht ganz so sauber, wie Sie gedacht haben . . .? Sie haaren, und sie tragen Straßenschmutz in die Wohnung.

▲ *Ein Katzenbesitzer wird zu Hause immer sehnsüchtig erwartet. Ob wohl der leere Futternapf etwas damit zu tun hat?*

Manche Katzen verteilen ihr Futter in weitem Umkreis um den Futternapf, andere zerkratzen die Möbel oder verspritzen Urin im Haus — und natürlich bedeutet ein Haustier immer auch Verantwortung und eingeschränkte Unabhängigkeit. Wenn Sie also sehr viel Wert auf eine tadellos gepflegte Wohnung legen, sollten Sie sich vielleicht lieber ein Aquarium zulegen.

Eine Katze im Haus kann aber auch eine echte Gefahr darstellen. Die kleinen Raubtiere sind buchstäblich bis an die Zähne bewaffnet und wissen davon auch Gebrauch zu machen. Nicht alle Katzen mögen Babys oder Kleinkinder! Es gibt zwar nur wenige Krankheiten, die von der Katze auf den Menschen übertragen werden können, aber diese sollte man doch nicht außer acht lassen. Dazu gehören Toxoplasmose (Die Krankheit wird selten übertragen, aber die Folgen sind doch so schwerwiegend, daß eine schwangere Frau nie mit der Katzentoilette in Berührung kommen sollte.), Toxocariasis, eine Krankheit, die von Spulwürmern im Larvenstadium von Katzen und Hunden auf den Menschen übertragen werden kann, und Scherpilzflechte (Trichopythie), von der Katzen befallen sein können, ohne äußere Anzeichen zu zeigen. Näheres darüber erfahren Sie in Kapitel 6. Es trifft übrigens nicht zu, daß AIDS von Katzen übertragen werden kann.

Wenn all diese Widrigkeiten Sie nicht von Ihrem Entschluß, sich eine Katze anzuschaffen, haben abbringen können, dann sind Sie jetzt bereit für Freud und Leid des Katzenbesitzers. Dieses Buch soll Ihnen als kleine Hilfe dienen und richtet sich besonders an den neuen Besitzer einer Katze.

KAPITEL EINS

Katzenkauf

▲ *Das Ergebnis mancher Kreuzungen ist besonders niedlich.*

Die Katze Ihrer Wahl

Es ist wohl nur eine verschwindend kleine Minderheit von Katzenbesitzern, die eine Chance hatte, sich ihre Katze auszusuchen. Viele Leute hatten überhaupt nicht die Absicht, sich eine Katze anzuschaffen, und wurden von Freunden mit einem Wurf niedlicher kleiner Kätzchen dazu überredet, oder sie wachten eines schönen Morgens auf und stellten fest, daß sich ein kleiner Vierbeiner schon häuslich bei ihnen eingerichtet hatte. Wenn beides in Ihrem Fall nicht zutrifft, können Sie sich der Illusion hingeben, daß Sie aus freiem Willen entscheiden können, welche Katze Sie gerne hätten. Wenn Ihre zukünftige Katze jedoch zu dem Schluß gekommen ist, daß Sie der Mensch sind, den *sie* gerne hätte, spielt Ihre Entscheidung nur noch eine sehr untergeordnete Rolle.

■ **Langhaar- oder Kurzhaarkatze?** Da bei Katzen die Erbanlage für langes Haar rezessiv ist, sind die meisten Katzen ohne Stammbaum kurzhaarig. Wenn das glatte Fell hübsch gezeichnet, z. B. getigert ist, kommt dies bei den kurzen Haaren besonders gut zur Geltung. Aber auch Langhaarkatzen haben ihren ganz besonderen Reiz. Bevor Sie eine Entscheidung treffen, sollten Sie bedenken, daß eine Langhaarkatze sehr viel Pflege braucht. Langhaarkatzen ohne Stammbaum oder Rassen mit halblangem Fell wie Birma- oder Maine-Coon-Katzen müssen im allgemeinen nur einmal die Woche gründlich gebürstet werden. Perserkatzen dagegen machen schon eine ganze Menge Arbeit. Sie müssen täglich gekämmt werden, damit das Fell nicht verfilzt. Wenn Sie also auch ohne Haustier schon genug zu tun haben, sollten Sie sich besser für eine Kurzhaarkatze entscheiden.

■ **Rasse- oder Hauskatze?** Auch ohne lange Ahnenreihe halten sich Katzen im allgemeinen für Aristokraten oder benehmen sich jedenfalls so. Daher gibt es eigentlich nur zwei Gründe, die für den Erwerb einer Rassekatze sprechen: Wenn Sie einigermaßen genau wissen wollen, wie die kleine Handvoll Pelz in einem halben Jahr aussehen wird, weil Sie eine Vorliebe für die Merkmale einer bestimmten Rasse haben, oder wenn Sie an Ausstellungen teilnehmen oder Katzen züchten wollen. Ein weiteres Argument ist, daß manche Allergiker auf Rexkatzen weniger empfindlich reagieren.

Allerdings gibt es dafür keine Garantie.

Man hört recht häufig, daß manche Hunderassen vom Erbgut her belastet sind oder häufig Erbkrankheiten aufweisen. Bei Rassekatzen ist diese Befürchtung jedoch zum Glück weitgehend überflüssig. Es gibt nur ganz wenige

▶ *Diese Kätzchen, mit wachen, glänzenden Augen, sind fast schon soweit, daß sie die Welt entdecken können. Schon jetzt sieht man, daß es Langhaarkatzen sind.*

▲ *Auch wenn diese Katzendame (Silber-Schildpatt) sehr aristokratisch dreinschaut – sie hat keinen Stammbaum.*

Rassen, deren Gene ein Tierarzt als deformiert ansehen würde. Die lockigen Rexkatzen, die schwanzlosen Manxkatzen, die schottischen Hängeohrkatzen oder die haarlose Sphinx sind Beispiele hierfür. Nur bei den Manxkatzen ist das Gen für die Schwanzlosigkeit mit einem Letalfaktor gekoppelt. Die Wahrscheinlichkeit, daß gesund geborene Manxkätzchen später gesundheitliche Schwierigkeiten bekommen, ist nicht größer als bei anderen Rassen. Das Pekinesengesicht, für das manche Züchter von perserartigen Langhaar- und Colourpointkatzen eine Vorliebe haben, kann da viel eher zu Problemen mit Nase und Atemwegen führen, obwohl die Kopfform bei Katzen lange nicht so extrem ist wie bei Hunden. Solange die Züchter nicht übertreiben, wird es nicht zu so unerwünschten Nebenerscheinungen wie Hornhautgeschwüren am Auge kommen.

Wenn Sie sich eine Rassekatze anschaffen wollen, sollten Sie schon vorher soviel wie möglich über die in Frage kommende Art in Erfahrung bringen. Dazu setzen Sie sich am besten mit dem betreffenden Züchterverband in Verbindung. Mit der entsprechenden Hintergrundinformation wird es Ihnen viel leichter fallen, eine Entscheidung zu treffen, außerdem kann Ihnen der Verband vielleicht sogar einen Züchter nennen, der gerade zu dem Zeitpunkt einen Wurf hat, zu dem Sie ein Kätzchen bei sich aufnehmen wollen.

Wenn Sie sich für eine Katze ohne Stammbaum entschieden haben, sollten Sie sich der fehlenden Papiere keinesfalls schämen. »Hauskatze, kurzhaarig/langhaarig«, die korrekte Bezeichnung für eine Katze ohne Stammbaum, bedeutet noch lange nicht, daß Sie jetzt einen Bastard im Hause haben, da diese Katzen normalerweise keine Vorfahren mit Stammbaum aufweisen können. Oft sind sie jedoch natürlicher als Tiere, bei denen man bestimmte Merkmale herausgezüchtet hat. Sie werden auch feststellen, daß das Fehlen des Stammbaums kein Hindernis darstellt, wenn Sie Ihre Katze ausstellen wollen. Bei vielen Rassekatzenschauen gibt es auch einen Wettbewerb für Hauskatzen, bei dem nicht weniger ehrgeizig um den Rang gestritten wird. Natürlich gibt es dann auch noch die Kompromißlösung: halbreinrassige Tiere, die oft besonders attraktiv sind.

■ **Katze oder Kätzchen?** Es gibt kaum etwas Niedlicheres als so ein acht Wochen altes Fellbündelchen mit großen Augen und tapsigen Pfötchen, das possierlich mit einem Wollknäuel spielt. Wenn es irgend geht, sollten Sie sich nicht um die Freude bringen, dieses Stadium im Leben Ihrer Katze mitzuerleben. Allerdings brauchen kleine Katzen sehr viel mehr Aufmerksamkeit als ausgewachsene Tiere, und es ist ausgesprochen unfair, so ein wißbegieriges, verspieltes Kätzchen den ganzen Tag allein zu lassen. Einmal ganz abgesehen von Störungen der sozialen Entwicklung des Tieres sind die possierlichen Spielchen, in die es mit allergrößter Wahrscheinlichkeit Ihre Polstermöbel und Gardinen einbeziehen wird, schon sehr viel weniger possierlich und der Schaden ungleich größer, wenn eine Katze von vier bis fünf Kilo Lebendgewicht ihren Spieltrieb auslebt — und einem erwachsenen Tier solche Unarten wieder abzugewöhnen, ist fast unmöglich. Wenn Sie tagsüber nicht zu Hause sein können, sollten Sie am besten zwei Kätzchen aus demselben Wurf zu sich nehmen — immer vorausgesetzt, Sie fühlen sich dem munteren Treiben von zwei Tierchen gewachsen.

Wenn Sie berufstätig sind und nicht genügend Zeit für ein junges Kätzchen haben, sollten Sie sich für eine bereits ausgewachsene Katze entscheiden. Es gibt viele erwachsene Tiere, die ein Zuhause suchen. Sie sind häufig recht friedlich und anspruchslos und ganz zufrieden, wenn sie ein Schläfchen halten können, während Sie außer Haus sind. Ein älteres Tier muß vielleicht in den ersten Tagen mit größerem Einfühlungsvermögen behandelt werden, um sich einzugewöhnen, und vielleicht entwickelt sich die Beziehung auch langsamer, oft leben sich ältere Tiere jedoch schneller ein als ein neugieriges, aktives Jungtier. Gerade ältere Tiere können besonders große Anhänglichkeit an den Menschen entwickeln, der sie oft besser behandelt, als sie das jemals in ihrem Katzenleben erfahren haben. Wenn Sie gerne eine Katze hätten, sich aber aufgrund Ihres Alters oder einer Behinderung oder weil Sie arbeiten gehen müssen, um das Geld für das Katzenfutter zu verdienen, einem jungen Kätzchen nicht gewachsen fühlen, sind Sie wahrscheinlich genau der Mensch, von dem so manche ältere Katze schon lange träumt.

Woher man eine Katze bekommt

■ **Züchter.** Wenn Sie sich zum Kauf einer Rassekatze entschlossen haben, wenden Sie sich am besten an einen Züchter. Adressen erhalten Sie von Züchterverbänden, aus Fachzeitschriften oder auf Katzenschauen. Der Züchter sollte wissen, ob Sie das Tier nur »für den Hausgebrauch« haben wollen oder ob Sie beabsichtigen, selbst Katzen zu züchten oder an Ausstellungen teilzunehmen. Natürlich sind eine Zuchtkatze oder ein potentieller Preisträger bei Katzenschauen sehr viel teurer als ein Haustier, und Sie sollten sich vorher informieren, worauf es bei einem solchen Tier ankommt, und am besten einen katzenkundigen Freund bei der Wahl zu Rate ziehen, damit Sie für Ihr Geld auch die entsprechende Gegenleistung bekommen. Allerdings haben auch die meisten Züchter eine recht genaue Vorstellung davon, wo sie ihre Kätzchen untergebracht sehen wollen, und wenn Sie Ihre Wünsche möglichst genau schildern, bekommen Sie sicher ein geeignetes Jungtier.

Auch wenn Sie eine erwachsene Rassekatze erwerben wollen, ist der Züchter die richtige Anlaufstelle. Oft ist ein Züchter mit vollem Haus froh, wenn er ein neues Heim für ein älteres kastriertes Tier findet.

■ **Tierhandlungen.** Die meisten Zoohandlungen beschränken sich heute auf den Verkauf von Fischen, kleinen Nagetieren und Tierbedarf und bieten keine jungen Katzen oder Hunde mehr an. Es ist sicher keine besonders gute Idee, eine Rassekatze in der Tierhandlung kaufen zu wollen, vor allem wenn Sie sicher sein wollen, daß Sie auch wirklich ein Rassetier erworben haben. Im Zoogeschäft sind die Tiere viel größerer Ansteckungsgefahr ausgesetzt als in einem Privathaushalt, und die Unterbringungsmöglichkeiten in einer Tierhandlung sind meist nur für einen sehr kurzen Aufenthalt geeignet.

■ **Tierheime.** Es ist bezeichnend für unsere Gesellschaft, daß sich in fast jeder Stadt ein Tierheim befindet, das verzweifelt nach einem neuen Zuhause für verlassene und ausgesetzte Tiere sucht. Wenn Sie keinen Wert auf einen Stammbaum legen und eine erwachsene Katze haben möchten, ist das Tierheim für Sie die richtige Adresse. Dort kann man Ihnen fast immer etwas über das Vorleben, über Eigenschaften und Vorlieben der dort untergebrachten Tiere erzählen und Ihnen so bei der Auswahl des für Sie geeigneten Gefährten behilflich sein. Meist läuft dieses Auswahlverfahren jedoch ganz anders ab: Sie sehen eine bestimmte Katze an, sie schaut zurück, und schon ist es um Sie geschehen. Bei einem guten Tierheim können Sie davon ausgehen, daß das Tier kastriert und zumindest gegen Katzenseuche geimpft ist. Jede Institution dieser Art ist dankbar für eine Spende, die die Ausgaben für die medizinische Versorgung deckt.

Manche Tierheime schläfern Tiere nach einer bestimmten Aufenthaltsdauer ein und tragen daher nicht Sorge für Impfungen und Kastration. Man mag aus moralischen Gründen die Politik verurteilen — die Tiere in diesen Heimen brauchen jedoch noch dringender ein neues Herrchen oder Frauchen als Katzen in Heimen mit unbegrenzter Aufenthaltsdauer.

■ **Privathaushalte.** Wenn Sie keine Rassekatze haben wollen, sind private Haushalte oft die beste Quelle. Wenn Sie nicht zufällig einen Freund haben, dessen Katze gerade Junge hat, brauchen Sie nur in die Zeitung zu schauen, dort finden Sie immer »junge Kätzchen in gute Hände abzugeben«. Wenn Sie sich auf eine solche Anzeige hin melden, versuchen Sie auf jeden Fall, die Mutter, wenn möglich auch den Vater, Ihres zukünftigen Hausgenossen kennenzulernen, damit Sie zumindest eine vage Vorstellung bekommen, wie sich Ihr Kätzchen vom Charakter und vom Aussehen her entwickeln könnte.

Wenn Sie vermeiden wollen, ein Kätzchen mit gesundheitlichen Problemen zu bekommen, achten Sie darauf, daß die Mutter nicht untergewichtig ist und keine sichtbaren Anzeichen von Krankheiten oder Parasiten wie

▶ *Eine Familie von Somalikatzen, eine halblanghaarige Variante der Abessinier.*

▲ *Im Tierheim mag es zwar manchmal ziemlich eng werden, aber die Bewohner sind hier sicher und gut versorgt.*

▶ *Ob diese Katze sich wohl gerade ein neues Zuhause aussucht?*

Flöhe, Ohrmilben aufweist, die Nase nicht läuft, die Augen nicht tränen und die jungen Kätzchen pummelig und zufrieden aussehen. Die Umgebung sollte sauber und ordentlich sein. Die Jungen müssen mindestens acht Wochen alt und an festes Futter gewöhnt sein, bevor sie von der Mutter getrennt werden. Wenn das Kätzchen Ihrer Wahl also noch nicht so alt ist, sollten Sie sich ein wenig gedulden, bevor Sie es mit nach Hause nehmen.

■ **Die zugelaufene Katze.** In ganz vielen Fällen ist es die Katze, die ihre Wahl trifft, indem sie ganz einfach in die Wohnung ihrer Wahl hineinspaziert und sich häuslich einrichtet. Das Verfahren hat etwas für sich, denn es gibt Ihnen zumindest prinzipiell die Chance, nein zu sagen, wenn Sie wirklich keine Katze haben möchten — wenn allerdings die Katze fest entschlossen ist, werden Sie sich wohl an die neue Situation gewöhnen müssen. Auf jeden Fall sollten Sie sich jedoch versichern, daß ihr neuer Hausgenosse kein Doppelleben führt, weil es für ihn sehr angenehm ist, gleich von zwei Familien verwöhnt zu werden. Es hat schon erbitterten Streit gegeben, weil verschiedene Parteien Anspruch auf ein und dieselbe Katze geltend gemacht haben. Wenn Sie also von einer Katze adoptiert worden sind, kaufen Sie ihr am besten ein Halsband mit einer kleinen Anhängerkapsel, in der Sie ein Zettelchen unterbringen, auf dem Sie den Namen und Adresse angeben und erklären, daß diese Katze Ihnen zugelaufen ist. Wenn innerhalb von ein bis zwei Wochen niemand Einspruch erhebt, können Sie sich ruhigen Gewissens als adoptiert betrachten.

Letzte Auswahlkriterien

■ **Die Auswahl Ihrer Katze oder Ihres Kätzchens.** Wenn Sie sich ein Kätzchen aus einem Wurf oder eine erwachsene Katze in einem Tierheim aussuchen wollen, gibt es ein paar Entscheidungshilfen. Sie sollten nach einer selbstsicheren, unternehmungslustigen Katze Ausschau halten, da diese sich besonders gut als Haustiere eignen. Wählen Sie also das Kätzchen, das neugierig auf Sie zukommt und Ihre Schuhe beschnuppert, oder die Katze, die sich von Ihnen streicheln läßt und sich nicht verschreckt in eine Ecke verkriecht. Sie sollten den Eindruck haben, daß sich das Tier auf Ihrem Arm wohl fühlt und nicht bitter bereut, daß es sich von Ihnen hat anfassen lassen. Es gibt allerdings

einen spürbaren Unterschied zwischen der panischen Abwehr einer scheuen Katze und dem nicht unfreundlichen Protestgestrampel, das nur besagt: »Nicht so hastig, ich kenne dich doch noch gar nicht!« Es ist immer sehr befriedigend, wenn die Katze anfängt zu schnurren und das Köpfchen zärtlich an Ihrer Brust reibt, aber seien Sie nicht allzu enttäuscht, wenn diese Reaktion ausbleibt. Katzen, die nicht gleich zutraulich zu Fremden sind, entwickeln sich oft zu den anhänglichsten Haustieren.

Auch gesundheitliche Aspekte sollten zu den Auswahlkriterien gehören. Glattes, sauberes und gepflegtes Fell, helle wache Augen ohne Absonderungen oder Anzeichen von Nickhautvorfall und saubere Ohren kennzeichnen ein gesundes Kätzchen. Verklebte Augen oder Nase deuten meist auf eine Infektion hin. Um festzustellen, ob das Tier zu dünn ist, fühlen Sie, ob die Rückenwirbel sehr scharf hervortreten. Ein dünnes Kätzchen mit aufgetriebenem Bauch sollten Sie auf keinen Fall nehmen. Aber wenn Sie sich in ein ganz bestimmtes Tier verliebt haben, sind alle guten Ratschläge im wahrsten Sinne des Wortes für die Katz. Sollten Sie sich für ein Kätzchen mit Gesundheitsproblemen entschieden haben, erkundigen Sie sich ganz genau, um welche Krankheit es sich handelt, bevor Sie eine endgültige Entscheidung treffen.

Vorbereitungen

Bevor Sie Ihre Katze oder Ihr Kätzchen nach Hause holen, müssen noch einige Dinge bedacht werden. Wann soll das neue Familienmitglied beispielsweise einziehen? Weihnachten ist ein denkbar schlechter Termin! Besonders wenn Sie Kinder haben, sollten Sie bis nach Neujahr damit warten. Holen Sie das Kätzchen dann, wenn Sie auch genügend Zeit haben, ihm bei der Eingewöhnung zu helfen. Soll das Tier später tagsüber allein zu Hause bleiben, muß es sich erst gut eingelebt haben, bevor es zum ersten Mal sich selbst überlassen bleibt.

Vor der Ankunft müssen ein paar grundsätzliche Entscheidungen getroffen werden, die in Kapitel 2 näher behandelt werden, und die notwendigen »Einrichtungsgegenstände« müssen angeschafft werden. Auf jeden Fall brauchen Sie: zwei Schalen für Futter und Wasser, ein Plastikset, Katzenfutter, Katzenleckerbissen (Trockenfutter), ein Schlafkörbchen, eine Katzentoilette (besser zwei), Schäufelchen und Katzenstreu, Halsband mit Namensschildchen, Bürste (und Kamm für Langhaarkatzen), ein oder zwei Spielsachen, einen Katzenbaum und einen Transportbehälter. All diese Dinge müssen nicht besonders teuer sein, einiges davon kann improvisiert werden.

■ **Willkommen im neuen Zuhause.** Bis zu diesem Zeitpunkt müssen Sie endgültig beschlossen haben, wo Ihre

◀ *Diese sechs Kätzchen (Orientalisch Tabby) sind schon fast soweit, daß sie in ein neues Zuhause übersiedeln können. Wenn nur für eines Platz ist, fällt die Auswahl sicher schwer.*

Katze schlafen soll, welche Teile des Hauses für sie tabu bleiben sollen und wo Sie die Katzentoilette unterbringen wollen.

Bevor Sie nun den nagelneuen Transportbehälter öffnen, muß alles so sein, wie Sie es sich auch in Zukunft vorstellen. (Die Türen zu verbotenem Territorium sollten auf jeden Fall geschlossen sein!) Achten Sie darauf, daß die Wohnung katzensicher ist. Wackelige Regale und Steckdosen müssen gesichert, interessante Schachteln mit giftigem Inhalt außer Reichweite verstaut werden. Fenster und Balkontüren müssen unbedingt geschlossen sein. Die erste Tat Ihres Kätzchens wird es nämlich sein, seine Umgebung ausgiebig zu erkunden. Ein Futternapf mit leckerem Inhalt wird wohl jeder Katze die Eingewöhnung erleichtern, bei jungen Tieren kann es jedoch durchaus sein, daß sie die Nahrung so lange nicht beachten, bis auch der letzte Zentimeter des neuen Reviers untersucht ist. Drängen Sie sich in dieser Situation lieber nicht auf, und sorgen Sie dafür, daß sich die Kinder nicht gleich voller Begeisterung auf den Neuankömmling stürzen.

Einer verschreckten oder unsicheren Katze muß man vielleicht gut zureden, sich mit der neuen Umgebung vertraut zu machen. Wenn Sie den Eindruck haben, das Ganze sei vielleicht ein bißchen zu viel für das Tierchen, dann lassen Sie es zuerst einmal nur einen Raum erkunden und geben ihm in den nächsten Tagen allmählich immer mehr Bewegungsspielraum. Ist die erste Neugier befriedigt, bieten Sie der Katze eine reichliche Mahlzeit an und stören sie nicht, wenn sie es sich zum Schlafen bequem macht — besonders, wenn sie sich dazu den von Ihnen bestimmten Platz ausgesucht hat. Wenn Sie abends das Licht ausschalten, reden Sie dem Tierchen dabei gut zu, aber lassen Sie sich nicht erweichen: Ihr neuer Mitbewohner sollte sich in dem Raum zur Ruhe legen, den Sie dafür vorgesehen haben. Es ist ganz natürlich, wenn die Katze, besonders ein Junges, das gerade erst von der Mutter getrennt wurde, zuerst einmal unruhig ist, das legt sich aber nach ein oder zwei Nächten.

In den nächsten Tagen sollten Sie so viel Zeit wie möglich mit Ihrer Katze verbringen. Ein junges Tier wird begeistert mit Ihnen herumtollen und dabei ungeheure Ausdauer entwickeln. Auch wenn eine erwachsene Katze vielleicht weniger aktiv oder sogar etwas reserviert ist, sollten Sie die Zeit dieses intensiven Zusammenseins für den Aufbau einer Beziehung nicht unterschätzen. Bei einem zurückhaltenden Tier könnte gutgemeintes Drängen den gegenteiligen Effekt haben, aber versuchen Sie es doch einmal mit ein paar Leckerbissen — auch bei Katzen geht Liebe durch den Magen!

Die erste Zeit sollten Sie die Katze nicht ins Freie lassen, bis sie sich an den Gedanken gewöhnt hat, daß Sie derje-

▶ *Wahrscheinlich gelingt es dem langhaarigen Tabby-Kätzchen nicht, das Pflanzgefäß umzustoßen, aber so ganz sicher kann man sich da nicht sein.*

Bottle
Garden

KONTROLLUNTERSUCHUNG

1. Das Maul wird auf Zahnfleischerkrankungen, Zahnstein und lockere oder faulende Zähne untersucht.

2. Bei der Kontrolle der Augen können Entzündungen und Ausfluß oder erste Anzeichen von Anämie festgestellt werden.

3. Gewichtskontrolle: Die Knochen sollten weder scharf hervortreten noch unter einer Fettschicht verschwinden.

4. Die Ohren sollten sauber sein und keinerlei Anzeichen von Milbenbefall aufweisen.

5. Beim Abtasten des Bauches lassen sich Knoten oder Trächtigkeit feststellen.

6. Auch die Geschlechtsteile müssen untersucht werden. Eine Kastration ist allerdings nur bei Katern sichtbar.

nige sind, von dem sie ihr Futter bekommt und zu dem sie zurückkehren muß. Bei einem Jungtier dauert dieser Eingewöhnungsprozeß länger als bei einer erwachsenen Katze. Am besten halten Sie ein Kätzchen im Hause, bis es einen Impfschutz hat. Sie merken schon, wann Sie dem Tier einen Ausflug zutrauen können, gewöhnen Sie es aber schon vorher an sein Halsband mit Namensschildchen, damit die Nachbarn es nicht für einen Streuner halten und der Finder Sie — im Falle eines Falles — leicht benachrichtigen kann. Begleiten Sie die Katze auf den ersten Ausflügen (am besten kurz vor der Fütterungszeit!), und halten Sie sich bereit, sie mit einem raschen Griff wieder ins Haus zu befördern, wenn irgend etwas schiefgehen sollte.

Wenn Sie befürchten, Ihr kleiner Liebling könnte die Gelegenheit nutzen, um mit einem raschen Satz über den Zaun zu verschwinden, legen Sie ihm am besten in der ersten Zeit ein Brustgeschirr an und dämpfen seine Abenteuerlust behutsam mit einer langen flexiblen Leine. Eine Katze läßt sich nicht gegen ihren Willen halten, aber wenn Sie ihr ein angenehmes Heim bieten und sie weiß, wo es sich befindet, wird sie bestimmt zu Ihnen zurückkommen.

DER ERSTE TIERARZTBESUCH

Mit einem Jungtier ist der Gang zum Tierarzt ein absolutes Muß, damit es geimpft werden kann, aber auch bei einem erwachsenen Tier ist eine gründliche Untersuchung angebracht. Sie bekommen bei dieser Gelegenheit fachliche Information über Pflege, Fütterung, Parasitenkontrolle, Kastration etc. und sollten deshalb recht bald einen Termin ausmachen. Ein Kätzchen kann allerdings erst mit acht Wochen geimpft werden, wenn es also einen gesunden Eindruck macht, ist dies der richtige Zeitpunkt für den Arztbesuch.

■ **Wahl des geeigneten Arztes.** Wenn Sie sich für einen Arzt entschieden haben, sollten Sie ihn nicht ohne triftigen Grund wechseln. Achten Sie darauf, daß der Arzt Ihrer Wahl sich auf die Behandlung von Kleintieren spezialisiert hat. Eine Gemeinschaftspraxis mit mehreren Ärzten bietet oft den Vorteil einer umfassenderen Ausstattung. Am besten lassen Sie sich von befreundeten Haustierbesitzern beraten und treffen die endgültige Entscheidung nach dem ersten Besuch in der Praxis (ohne Katze!). Erkundigen Sie sich nach den Sprechstunden und ähnlichem, und stellen Sie bei dieser Gelegenheit fest, ob das Personal freundlich ist und die Praxis Ihren Vorstellungen entspricht.

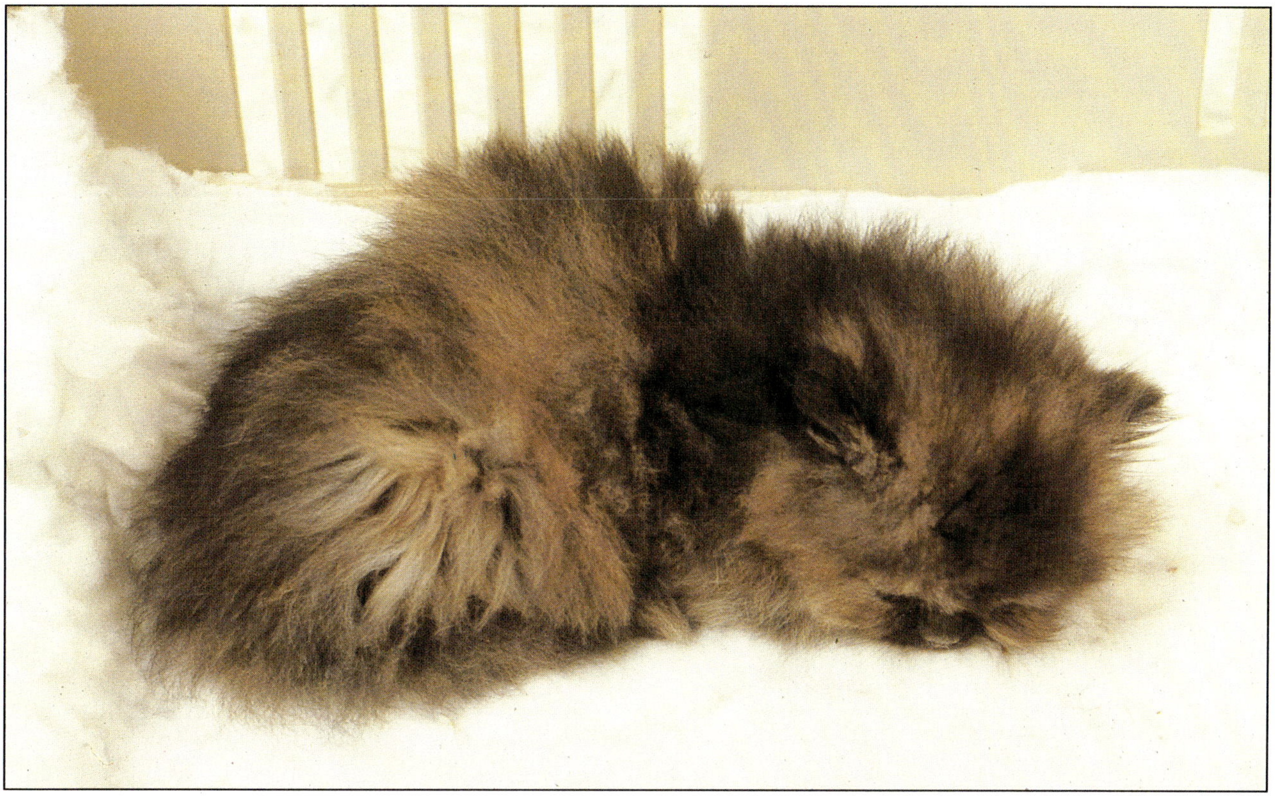

▲ *Dieses kleine Fellbündelchen (Langhaar, Persertyp) hat ein sicheres, kuscheliges Bett, das auch für das ausgewachsene Tier noch groß genug ist.*

▲ *Wenn kleine Katzen und kleine Kinder gemeinsam aufwachsen, muß man den Kindern zeigen, wie man mit Kätzchen umgeht und sie zum Spielen verlockt, anstatt sie dazu zu zwingen.*

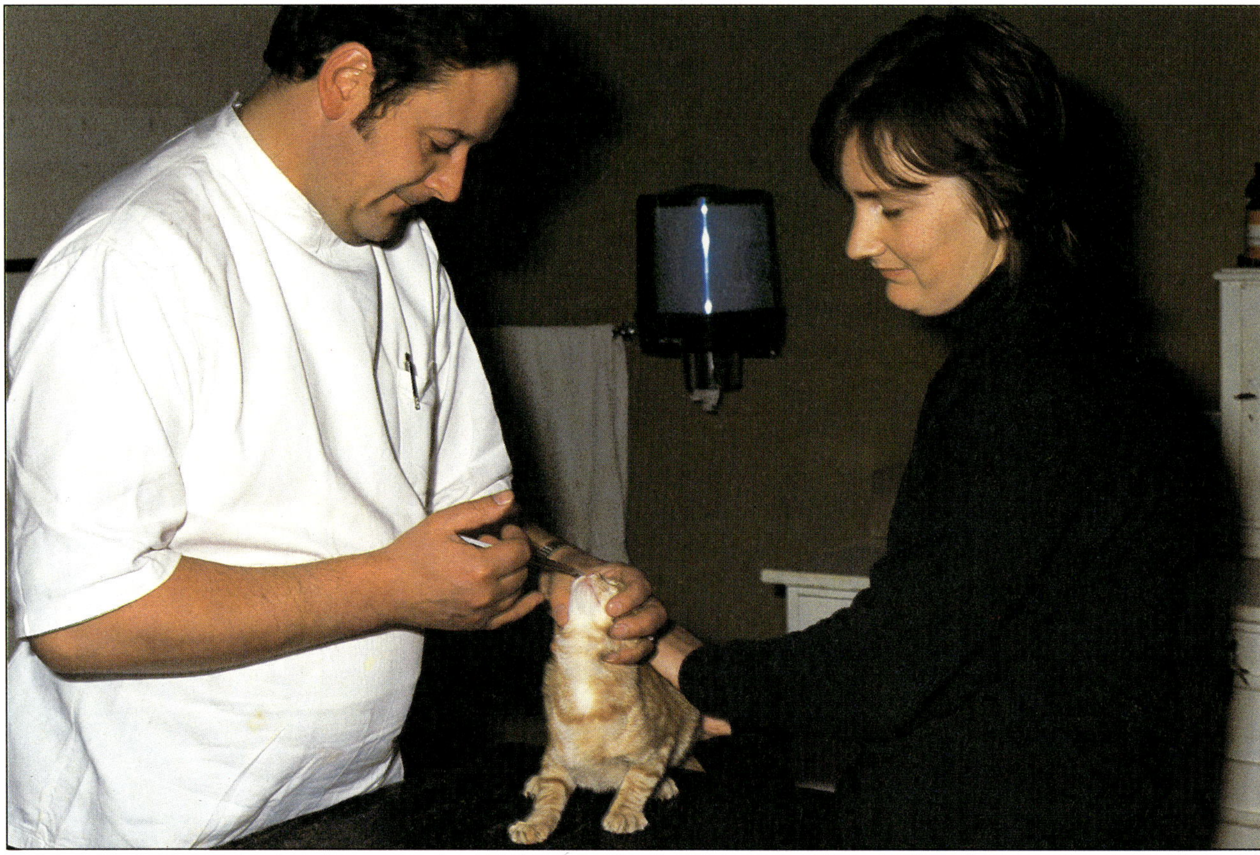

▲ *Diesem Kätzchen wird der Impfstoff gegen Katzenschnupfen intranasal verabreicht.*

■ **Impfungen.** Die beiden wichtigsten Krankheiten, gegen die Ihre Katze geimpft werden muß, sind die Katzenseuche (Katzenstaupe oder Panleukopenie) und der ansteckende Katzenschnupfen. Gegen Katzenseuche gibt es die erste Spritze, wenn das Kätzchen mindestens acht Wochen alt ist, und dann alle ein bis zwei Jahre eine Auffrischungsimpfung. Diese Impfung ist lebenswichtig für Ihre Katze, denn auch wenn die Katzenseuche nicht allzu häufig auftritt, so ist der Krankheitsverlauf doch meist tödlich. Gegen Katzenschnupfen bekommt das Tier (mindestens acht Wochen alt) im Abstand von vier Wochen zwei Injektionen und dann jedes Jahr eine Auffrischungsimpfung. Katzenschnupfen ist sehr viel weniger gefährlich als Katzenseuche, nur für junge und ältere Katzen kann er lebensgefährlich werden, dafür ist die Ansteckungsgefahr recht groß. Jede gute Katzenpension verlangt daher vollständigen Impfschutz, bevor sie ein Tier aufnimmt. Sie sollten also mit den Impfungen immer auf dem laufenden sein, falls Sie Ihre Katze einmal rasch unterbringen müssen.

■ **Wurmbefall.** Die zwei wichtigsten Wurmarten, die Katzen zu schaffen machen, sind Spulwürmer und Bandwürmer. Katzenjunge haben häufig Spulwürmer, da die Infektion mit der Muttermilch übertragen werden kann. Bandwürmer befallen vorwiegend freilaufende Katzen, die jagen und Mäuse, einen Zwischenwirt des Bandwurms, fressen. Allerdings können auch Flöhe Bandwürmer übertragen. Spulwürmer werden ebenfalls von Mäusen und von anderen Katzen übertragen. Es gibt die verschiedensten Medikamente gegen diese Parasiten, manche sind für beide Arten geeignet.

Am besten fragen Sie den Arzt nach der richtigen Medizin, er kann eine Behandlungsart empfehlen, die dem Alter und den Lebensumständen Ihrer Katze entspricht. Sie erhalten Wurmkuren auch in Drogerien und Zoohandlungen, am wirksamsten — und preiswertesten — sind jedoch die vom Arzt verschriebenen.

■ **Ektoparasiten.** Mit diesem Begriff werden Parasiten bezeichnet, die die Haut eines Tieres befallen, bei Katzen sind es hauptsächlich Flöhe und Ohrmilben.

Es stimmt nicht, daß alle Katzen Flöhe haben, aber alle Katzen sind ständig in Gefahr, Flöhe zu bekommen, ganz gleich wie reinlich es in ihrer Umgebung zugeht. Ständige Kontrolle und regelmäßige Routinebehandlung sind daher dringend zu empfehlen. Flohbefall läßt sich heute sehr gut in den Griff bekommen. Sie sollten also nicht in Weltuntergangsstimmung geraten, wenn Ihre Katze einmal mit ungebetenen Gästen nach Hause kommt. Auch hier sind

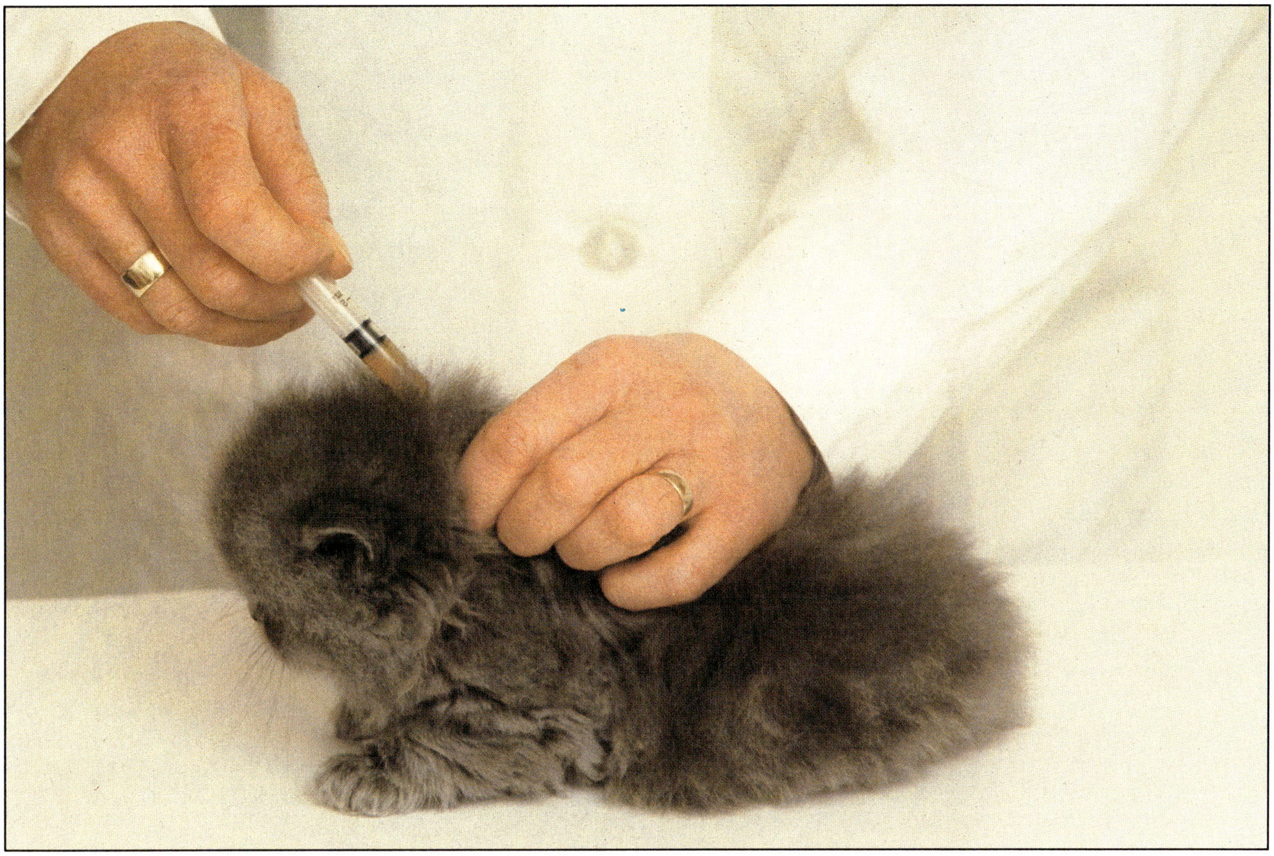

▲ *Der Impfstoff gegen Katzenseuche (Panleukopenie) wird injiziert – meist in die Nackenhaut.*

die vom Arzt verschriebenen Kuren die wirksamsten. Sie sollten beim Praxisbesuch das Thema auch dann anschneiden, wenn es gerade nicht akut ist; der Arzt zeigt Ihnen, wie Sie das Tier auf Flöhe hin untersuchen können, und gibt Ihnen gern Tips für die Behandlung, die in Ihrem Fall am angebrachtesten ist.

Ohrmilben sind ein weitverbreitetes Übel bei Katzen. Sie erkennen den Befall daran, daß Ihre Katze sich die Ohren kratzt, und an braunen Ablagerungen im Ohrenschmalz. Der Tierarzt verschreibt Ohrentropfen, die das Problem im allgemeinen innerhalb von einer Woche beseitigen.

■ **Kastration und Verhütungsmittel.** Auch wenn man ein Kätzchen erst mit fünf Monaten kastrieren kann, ist es nie zu früh, darüber nachzudenken und das Thema mit dem Tierarzt zu besprechen. Wenn Sie eine erwachsene unkastrierte Katze angeschafft haben, sollten Sie keine Zeit verlieren.

Ein unkastrierter Kater ist als Haustier denkbar ungeeignet. Sein Urin riecht ausgesprochen unangenehm, und er verspritzt ihn wirklich überall, um sein Revier zu markieren. Hat er diese Angewohnheit erst einmal, ist sie ihm nie wieder abzugewöhnen. Kater sind praktisch immer auf der Suche nach einer rolligen Katze. Bei dieser Gelegenheit kommt es häufig zu erbitterten Konkurrenzkämpfen, bei denen vor allem ältere Tiere häufig den kürzeren ziehen, und dann heißt es, eitrige Bißwunden zu versorgen. Kastrierte Kater dagegen sind angenehme Hausgenossen mit nur wenigen schlechten Angewohnheiten und neigen nicht so sehr zum Streunen. Auch bei einem älteren Tier hat die Kastration meistens ausgezeichneten Erfolg. Der üble Geruch verschwindet sofort, das ungestüme Verhalten läßt allmählich nach. Besser ist es jedoch, einen Kater kastrieren zu lassen, bevor er mit dem Spritzen zur Reviermarkierung überhaupt beginnt.

Lassen Sie sich bei Ihrer Entscheidung nicht von dem Gedanken beeinflussen, daß das nun eben so Katerart ist. Die Kastration zwingt das Tier nicht, sich anders zu verhalten, sie nimmt ihm nur den Wunsch, oder besser den Zwang/Trieb, einem bestimmten Verhaltensmuster zu folgen. Das Tier vermißt nichts, und Beobachtungen haben ergeben, daß gerade ältere kastrierte Kater zufriedener wirken als ihre unkastrierten Artgenossen. Selbst Züchter, die ihre Kater meist in einem Freigehege halten, lassen sie häufig »in mittleren Jahren« kastrieren und betrachten dies als einen Akt der Tierliebe. Die Operation ist nicht schwierig, Komplikationen kann es in seltenen Fällen bei der Narkose geben.

Eine Katze läßt sich zwar auch unkastriert ohne weiteres

als Haustier halten, es gibt jedoch viele Gründe, die für die Durchführung des Eingriffs sprechen. Katzenweibchen werden etwa alle drei Wochen rollig (oder heiß). Bei Wohnungskatzen kann dieser sowohl für Katze als auch für Katzenbesitzer unangenehme Zustand auch 365 Tage im Jahr anhalten. Das Tier rollt sich unter Geschrei auf dem Boden, ein halbes Dutzend Kater belagert das Haus unter ebenfalls lautem Geschrei und heftigem Urinverspritzen (s. o.), und die Katze ist frustriert, weil sie ihrem natürlichen Drang nicht nachgeben kann – vorausgesetzt, es gelingt Ihnen tatsächlich, sie tagelang von ihren wartenden Freiern fernzuhalten.

Unter natürlichen Voraussetzungen würde das Weibchen kurz nach Beginn der Rolligkeit gedeckt, die dann nur noch höchstens ein paar Tage anhält und erst wieder beginnt, wenn die Jungen entwöhnt sind. Wird das Weibchen nicht gedeckt, dauert die Rolligkeit bis zu zwölf Tage und setzt vielleicht bereits eine Woche später erneut ein. Manche Katzen (besonders Siamkatzen) können bis zu drei Monate ununterbrochen rollig sein. Das alles ist ausgesprochen nervenaufreibend für den Besitzer, und auch die Katze hat mit ziemlicher Sicherheit nach ein oder zwei Tagen die Lust daran verloren. Diese Situation ist sicher nicht sehr natürlich, und die einzige Alternative zum natürlichen Verlauf der Dinge, der sich in zwei oder drei Würfen pro Jahr äußert, ist die Kastration.

Bei dieser Operation (Ovarektomie) werden dem Weibchen die Eierstöcke und ein Teil der Gebärmutter entfernt. Der Eingriff ist größer als beim Kater, weil die Bauchhöhle geöffnet werden muß, für den Tierarzt gehört er jedoch zur Routine, und Komplikationen sind äußerst selten. Die Operation sollte nicht während der Rolligkeit vorgenommen werden, da dann die Gefahr von Blutungen größer ist.

Es gibt auch Verhütungsmittel für Katzen, die oral verabreicht oder injiziert werden. Sie verhindern die Rolligkeit oder unterdrücken sie.

Diese Medikamente sind jedoch kein Ersatz für die Kastration, sondern nur eine vorübergehende Lösung, wenn die Katze später einmal Junge haben soll. Es gibt auch eine Injektion für »den Morgen danach«, die innerhalb von 48 Stunden gegeben werden muß, falls es Ihrer Katze doch gelungen sein sollte, während der Rolligkeit für einen Augenblick zu den wartenden Freiern zu entwischen. Das Medikament kann aber ernste Nebenwirkungen haben und ist nur für den wirklichen Notfall zu empfehlen.

Verhütungsmittel für Kater sind nicht gebräuchlich, da die Verhütung von Nachwuchs meist eine der geringsten Sorgen von Katerbesitzern ist. Bei einer Sterilisation bleiben der üble Geruch, das Spritzen und der Drang zu streunen und sich raufen unverändert.

Spulwurmbefall bei jungen Katzen

Die Askariden (Fadenwürmer) wachsen im Darm der Katze (**1**) und ernähren sich dort von der verdauten Nahrung. Ihre Eier (**2**) werden über den Kot abgegeben. Wird dieser von einer anderen Katze gefressen, schlüpfen die Larven in deren Darm. Die Gefahr für neugeborene Jungkatzen besteht darin, daß die Larven des Katzenspulwurms mit der Muttermilch übertragen werden können (**3**). Die Eier des Toxocara cati oder Toxocascaris leonina können auch von einem potentiellen Beutetier der Katze (Käfer, Vogel, Ratte oder Maus) (**4**) gefressen und auf diesem Wege (über die Beute) die Katze erneut infizieren.

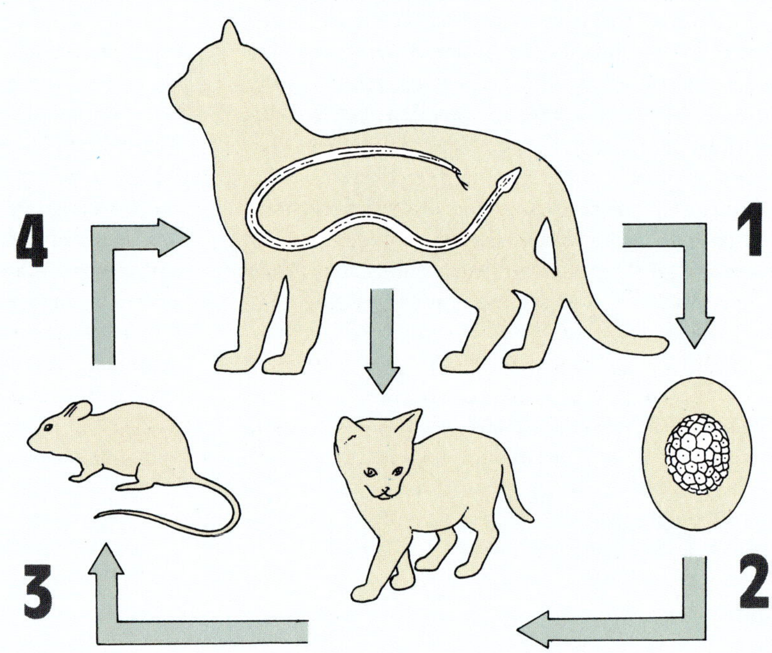

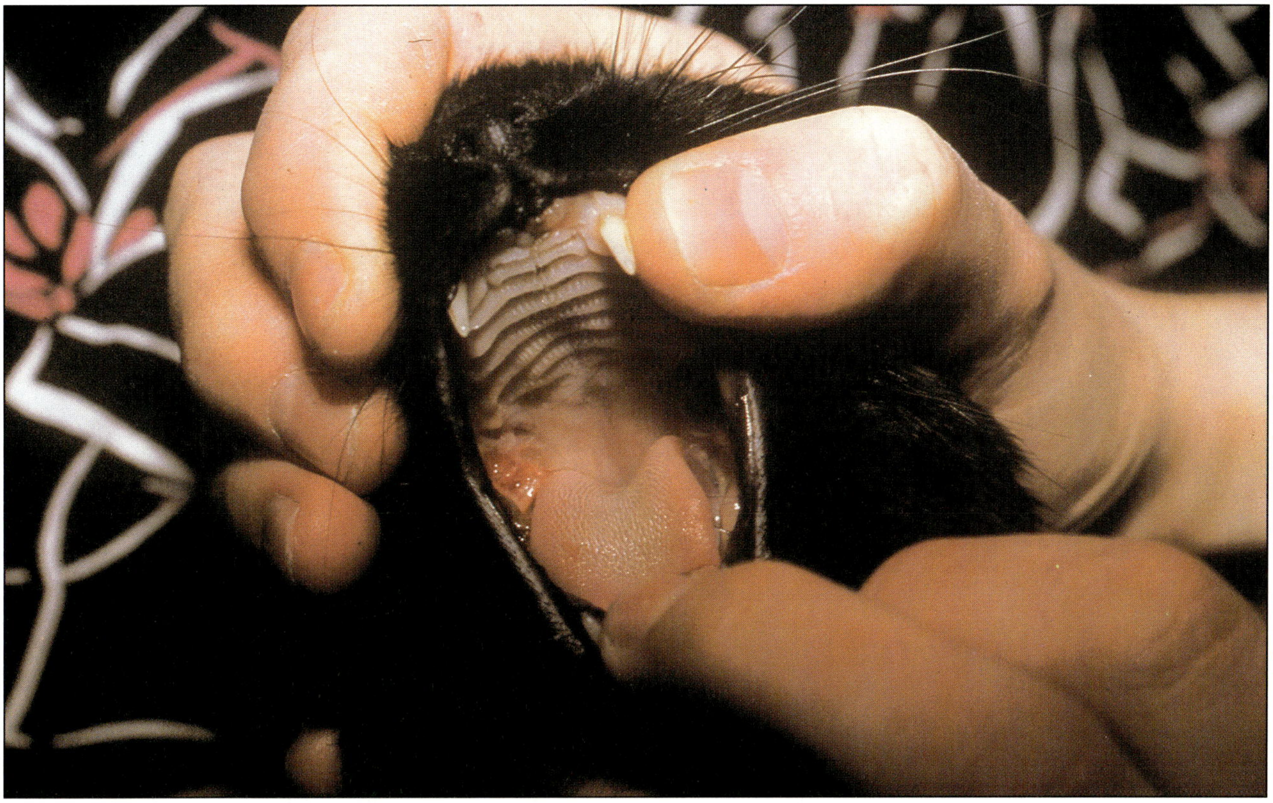

▲ *Ein blutendes Geschwür wie dieses sollte nicht vernachlässigt werden – es könnte sich um das Frühstadium eines Tumors handeln, der bei Früherkennung vielleicht noch erfolgreich behandelt werden kann.*

■ **Zahnpflege.** Katzen haben sehr häufig Zahnprobleme, selten mit Karies, dafür aber um so öfter mit Zahnfleischentzündung und/oder Zahnstein (meist an der Außenseite der Backenzähne). Manchmal zeigen sogar Kätzchen bei der ersten Untersuchung schon Anzeichen von Zahnstein. Die Frage ist, wie weit eine Behandlung hier sinnvoll ist, da der Zahnstein nur in Vollnarkose wirkungsvoll entfernt werden kann und anschließend Antibiotika oder Kortisonpräparate gegeben werden müssen. Der Tierarzt wird also nicht bei jeder Zahnfleischrötung einen Eingriff vornehmen wollen. Im allgemeinen läßt man den Dingen ihren Lauf, solange die Katze Appetit und beim Fressen keine Schwierigkeiten hat (unentschlossen ist oder einen Bissen mehrmals aufzunehmen versucht), wenn sie nicht im Schlaf ohne ersichtlichen Grund heftige Schnapp- und Kaubewegungen macht oder bei einer Untersuchung festgestellt wird, daß der Zahnstein wirklich Überhand genommen hat. Bitten Sie den Arzt, Ihnen zu zeigen, wie man die Zähne untersucht (Oberlippe nach oben und hinten ziehen), und kontrollieren Sie den Zustand des Gebisses regelmäßig. Sie können dann eher beurteilen, ob die Appetitlosigkeit Ihrer Katze auf Zahnstein oder eine andere Ursache zurückzuführen ist. Zur Vorbeugung können Sie Ihrer Katze Trockenfutter und oder ein Spielzeug geben, auf dem sie herumkauen kann, aber auch dies ist kein Patentrezept. Sie könnten natürlich auch versuchen, Ihrer Katze die Zähne mit einer weichen Bürste oder einem Tuch und Natriumbikarbonat zu putzen. Da sich keine Katze diese Behandlung so lange gefallen läßt, daß sie irgendeinen Erfolg hätte, sollten Sie lieber nicht insistieren, wenn Sie sich Ihre Katze nicht zum Todfeind machen wollen.

KAPITEL ZWEI

Katzenpflege

▲ *Eine Auswahl von Katzennahrung: Frisch-, Dosen- und Trockenfutter, zu dem immer reichlich frisches Wasser angeboten werden sollte.*

▲ *Beim Füttern festigen sich die Bande zwischen Mensch und Tier.*

Ernährung

Aufgrund ihres ziemlich ungewöhnlichen Stoffwechsels brauchen Katzen eine besondere Ernährung. Sie sind Raubtiere und benötigen daher bestimmte Stoffe, die sich nur in tierischem Gewebe finden. Katzen sind keine Vegetarier! In der Natur erhält die Katze alles, was sie braucht, wenn sie ihre Beute mit Haut und Haaren (nicht nur das Fleisch) vertilgt. Bei einer Hauskatze muß man die Ernährung entsprechend abstimmen, damit alle lebensnotwendigen Bestandteile darin enthalten sind.

■ **Fertige Katzennahrung.** Manche Katzenbesitzer sind der Ansicht, daß fertig gekauftes Katzenfutter schlechter ist als frisch zubereitetes oder doch nur einen kläglichen Ersatz für eine selbst zubereitete Mahlzeit darstellt. Zumindest bei Markenfutter ist das keineswegs der Fall, denn gerade die führenden Hersteller von Katzenfutter haben sich in der wissenschaftlichen Forschung über die richtige Ernährung der Katze besonders hervorgetan. Kriterien sind dabei vor allem die optimale Zusammensetzung des Futters in Hinblick auf die dauerhafte Gesundheit des Tieres und seine Schmackhaftigkeit. Die Ernährung mit fertigem Katzenfutter ist daher die einfachste Möglichkeit sicherzustellen, daß ihr kleiner Hausgenosse tagtäglich all das, was er braucht, in appetitlicher Form vorgesetzt bekommt. Die für den Besitzer zu bequeme Ernährung hat mit Sicherheit mehr als irgendein anderer Faktor dazu beigetragen, daß heute viel mehr Katzen gehalten werden als in den letzten Jahrzehnten. Übrigens: Hundefutter ist nichts für Katzen!

Katzennahrung gibt es in drei verschiedenen Formen im Handel: als Dosenfutter, als Halbtrockennahrung (portionsweise in Plastikversiegelung) und als Trockenfutter. Dosenfutter ist dabei mit Abstand das beliebteste. Halbtrocken- und Trockenfutter haben den Vorteil, daß die Umgebung des Futternapfes sauberer bleibt, sind noch einfacher zu verabreichen (kein Dosenöffner) und verderben bei warmem Wetter nicht so rasch. Allerdings ist bei diesen Futtersorten die Auswahl nicht so groß, und deshalb eignen sie sich nicht so sehr als Dauernahrung. Vor einigen Jahren kam es bei ausschließlicher Ernährung mit Trockenfutter bei Katern hin und wieder zu Blasenerkrankungen, die Probleme haben die Futterhersteller inzwischen gelöst, die meisten empfehlen aus diesem Grund jedoch, Trockenfutter nicht als Dauernahrung zu verabreichen. Als Abwechslung im Speiseplan ist Trockenfutter außerordentlich beliebt.

Überhaupt wird Abwechslung in der Katzenernährung groß geschrieben. Im Gegensatz zu Hunden mögen Katzen nicht tagtäglich dasselbe Futter und haben irgendwann selbst ihre Leibspeise satt, wenn sie ihnen täglich vorgesetzt wird.

◀ *Auch bei Katzen geht Liebe durch den Magen.*

▲ *Solch ein von vorn zu öffnender Korb ist sicher der meistverwendete Transportbehälter. Eine zum Ausbruch entschlossene Katze hätte hier ziemlich sicher Erfolgsaussichten. Drei oder vier Riemen mehr verringern ihre Chancen entscheidend.*

Bringen Sie Abwechslung in den Speiseplan, indem Sie das Futter verschiedener Hersteller geben, zwischendurch einmal halbtrockene oder trockene Nahrung geben und unterschiedliche Geschmacksrichtungen wählen. Ihre Katze wird Ihnen schon zu verstehen geben, was sie mag und was nicht, und in vernünftigen Grenzen sollten Sie darauf Rücksicht nehmen. Es hat wenig Sinn, ein Futter geben zu wollen, das Ihre Katze einfach nicht anrührt – Hauskatzen verhungern lieber, als daß sie etwas fressen, was sie wirklich verabscheuen. Wenn Sie Ihrem kleinen Liebling jedoch ausschließlich sein Leibgericht vorsetzen, ziehen Sie sich einen Haustyrannen heran. Es gibt übrigens kaum etwas Schwierigeres, als eine Katze zu ernähren, die ihr Lieblingsfutter leid ist, aber auch keine Lust auf etwas anderes hat!

Katzen, die freien Zugang zu ihrem Futter haben, überfressen sich selten, so daß Sie sich über die Nahrungsmenge keine Gedanken zu machen brauchen. Als Faustregel kann gelten, daß eine kleine Katze vielleicht eine halbe 400-Gramm-Dose Futter pro Tag zu sich nimmt, während ein kräftiger Kater schon den ganzen Doseninhalt vertilgen kann. Tragende und säugende Katzen brauchen erheblich mehr Nahrung, Sie sollten aber nicht das Dosenfutter »verlängern«, sondern lieber eine größere Portion geben.

Wenn Ihre Katze ein konstantes Gewicht hat und weder zu dick noch zu dünn ist, stimmt alles mit der Ernährung. Rippen und Rückenwirbel sollten gerade zu ertasten sein, dürfen sich aber nicht scharf anfühlen. Wollen Sie Ihre Katze wiegen, steigen Sie am besten einmal mit und einmal ohne Katze auf die Waage, die Differenz ist das Gewicht Ihrer Katze. Wenn Ihr kleiner Liebling zu rundlich wird und zunimmt, müssen Sie konsequent die Futtermenge reduzieren. Wenn Sie befürchten, daß die Gewichtszunahme auf etwas anderes als auf pure Freßlust zurückzuführen ist, oder wenn das Tier abnimmt und keine Anstalten macht, mehr zu fressen, sollten Sie den Tierarzt aufsuchen.

Wenn ihnen niemand das Futter streitig macht, fressen die meisten Katzen am liebsten kleine Portionen über den ganzen Tag verteilt. Eine Katze, die ihre Tagesration auf einmal verschlingt, hat fast immer üble Erfahrungen gemacht. Zwei bis drei Mahlzeiten pro Tag sind für eine erwachsene Katze das richtige, aber wenn das Futter nicht so lange herumsteht, daß es verderben kann, und die Katze ihren Tagesbedarf bekommt, braucht man keine Fütterungszeiten einzuhalten. Katzen fressen ihr Futter am liebsten, wenn es 37°C hat, es deswegen extra zu erwärmen, wäre jedoch des Guten zuviel getan. Katzen lassen zu warme Nahrung auf diese Temperatur abkühlen oder warten, bis gefrorenes Futter sich soweit erwärmt hat — ein kleiner Trick, wenn Sie den Heißhunger Ihres vielleicht etwas gierigen Hausgenossen ein wenig dämpfen wollen.

■ **Frisches Futter.** Katzenfutter selbst zuzubereiten, ist recht umständlich, weil es täglich frisch eingekauft oder langsam aufgetaut werden muß, außerdem ist es wichtig, auf Ausgewogenheit zu achten. Ob sich die Mühe auf die Dauer auch finanziell lohnt, ist eine andere Frage. Eine frische Mahlzeit zwischendurch bietet aber sicher willkommene Abwechslung. Fleisch, Fisch, Eier, Reis, Kartoffeln etc. müssen unbedingt leicht angekocht sein, damit Nahrungsmittelvergiftungen vermieden und eventuelle Parasiten abgetötet werden; außerdem ist die Nahrung dann leichter verdaulich. Achten Sie sorgfältig darauf, daß das Futter keine spitzen Knochen enthält. Auch bei frischer Nahrung ist Abwechslung wichtig, vor allem, was Leber betrifft. Nach Leber können Katzen regelrecht süchtig werden und dann jedes andere Futter verweigern. Leber enthält viel Vitamin A, das in großen Mengen genossen, zu Skelettveränderungen führen kann.

Viele Leute meinen, daß Katzen unbedingt Milch brauchen. Das ist jedoch nicht der Fall. Manche Katzen mögen überhaupt keine Milch und lassen sie einfach sauer werden, aber auch Katzen, die Milch lieben, brauchen immer zusätzlich ein Schälchen sauberes Wasser.

■ **Speisereste.** Vieles, was beim Essen übrigbleibt, wie z. B. Speck, Fisch oder Käse, ist ein Leckerbissen für Ihre

KATZENNEUGIER

Selbst noch so wohlgenährte Katzen lassen sich kaum davon abhalten, in verlockend duftenden Mülltonnen oder Abfallhaufen zu stöbern. Sorgen Sie also dafür, daß Ihre Abfälle in eine fest verschlossene Tonne kommen, die so schwer ist, daß eine Katze sie unmöglich umwerfen kann. Leere Konservendosen sollten Sie sicherheitshalber flachklopfen, damit die Katze nicht mit dem Kopf darin steckenbleiben kann.

▲ *Dieses Schaumstoffkörbchen mit erhöhtem Rand ist ganz luxuriös mit Webpelz ausgeschlagen.*

Katze; außerdem hat man immer das beruhigende Gefühl, die Reste noch gut verwertet zu haben. Es ist jedoch völlig falsch, eine Katze nur mit Speiseresten zu ernähren: Selbst wenn die Menge ausreicht, ist die Nahrung mit Sicherheit nicht katzengerecht. Katzen, die nur von Essensresten leben sollen, sind gezwungen, ihren Speiseplan selbst zu ergänzen — durch Jagen, Betteln oder Stehlen. Letztendlich führt dies dazu, daß die Katze verwildert oder sich auf die Suche nach einem neuen, besseren Zuhause macht.

■ **Wasser.** Katzen, die mit Dosenfutter ernährt werden, trinken sehr wenig, da der Flüssigkeitsbedarf durch das Fressen fast vollständig gedeckt. Trotzdem muß, besonders bei warmem Wetter, immer ein Schälchen mit frischem Wasser bereitstehen. Bekommt Ihre Katze Trockenfutter, braucht sie aufgrund des hohen Salzgehaltes wesentlich mehr zusätzliche Flüssigkeit. Diese erhöhte Flüssigkeitsaufnahme trägt zur Vermeidung der zuvor erwähnten Blasenkrankheiten bei.

Schlafplatz

■ **Wo soll Ihre Katze schlafen?** Darüber, was ein geeigneter Schlaf- und Ruheplatz ist, hat sich Ihre Katze sicher schon eine eigene Meinung gebildet. Wenn Sie sie überreden wollen, ein Plätzchen zu wählen, das Ihnen genehm ist, sollten Sie den Platz Ihrer Wahl so attraktiv wie möglich für Ihre Katze gestalten. Ohne sanfte Überredung würden sich die meisten Katzen wohl für Ihr Bett entscheiden, am allerliebsten dann, wenn Sie darin liegen! Das ist nett und gemütlich für beide, und abgesehen von der Gefahr, daß Sie Ihr Lager dann vielleicht auch noch mit ein paar Flöhen teilen müssen, ist dagegen vom gesundheitlichen Standpunkt her nicht mehr einzuwenden als gegen jeglichen anderen Umgang mit einer Katze. Da jedoch Katzenhaare, Abdrücke von schmutzigen Sammetpfötchen, Speichelpfützchen und gezogene Fäden an der Bettwäsche nicht jedermanns Sache sind, ziehen es die meisten Leute vor, ihr Bett nicht mit der Katze zu teilen. Am besten wird das Tier dann ganz aus dem Schlafzimmer verbannt. Sollte sich dann jedoch vor der verschlossenen Schlafzimmertür ein allabendliches Spektakel mit großem Miaue und Gekratze abspielen, sorgen Sie am besten dafür, daß Ihre Katze sich nachts in einem anderen Raum aufhält.

Bei offener Bauweise ist das allerdings vielleicht nicht ganz so einfach . . . Soll die Katze ihren Schlafplatz in der

KATZENZUBEHÖR

Geschlossenes Schaumstoffkörbchen
Transportkarton
Kratzbaum (die meisten Katzen würden allerdings einen größeren vorziehen)
Kunststoffbeschichteter Transportkäfig
Katzenklo mit Abdeckhaube
Toilettenkistchen mit Einstreu
Futter- oder Wassernapf
Spielzeugmaus
Haarkamm
Weiche Bürste
Glöckchen für das Katzenhalsband
Katzenhalsband mit Gummizug und Glöckchen
Kapsel für Namen und Adresse Ihrer Katze
Spielball mit integriertem Glöckchen
Spielzeug mit Katzenminze
Spielball mit Glöckchen

Küche haben, müssen Sie sich wohl oder übel mit Katzenhaaren auf der Arbeitsfläche abfinden. Manche Katzen fühlen sich in sehr kleinen Räumen ausgesprochen unwohl.

Wo auch immer Sie Ihre Katze unterbringen wollen, versuchen Sie, diesen Platz so attraktiv zu machen, daß das Tier ihn auch tatsächlich benutzt. Katzen schlafen gerne etwas erhöht, auf einem Stuhl, einem Regal oder einer Arbeitsfläche. Sie haben es gerne gemütlich und lieben daher Schachteln oder Schränke. Wenn sich der Schlafplatz also in Bodennähe befinden soll, wäre so ein geschütztes Plätzchen ideal.

■ **Katzenbetten.** Wenn Sie in eine große Tierhandlung gehen oder bei einer Katzenschau einmal hinter die Kulissen gucken, werden Sie eine erstaunliche Vielfalt von Schlafgelegenheiten für Katzen kennenlernen. Käfige sollen hier nicht besprochen werden, sie dienen dem Züchter dazu, eine Katzenmutter mit Jungen vor Belästigungen zu schützen oder eine rollige Katze von Katern zu trennen.

Beliebt als Schlaf- und Ruheplatz sind mit Schaumstoffkügelchen gefüllte Kissen, Schaumstoffkörbchen mit hochgezogenem Rand oder sogenannte Höhlenkörbchen, die nur vorn ein Einschlupfloch haben. Kissen oder offene Körbchen eigenen sich für die entspannte, selbstbewußte Katze, Höhlenkörbchen sind etwas für nervöse Tiere, die sich gern in ein eigenes Eckchen zurückziehen, und dann eine Notwendigkeit, wenn die Katze auf dem Fußboden schlafen muß. Natürlich muß es nicht unbedingt ein Katzenkorb aus der Tierhandlung sein, Sie können selbstverständlich auch improvisieren. Allerdings ist die Reinigung bei Sofakissen oder Wolldecken sehr viel schwieriger als bei dem waschbaren Innenleben von Katzenkörbchen aus dem Fachgeschäft.

Hygiene

Es ist möglich, eine Katze an die Benutzung der Toilette zu gewöhnen, aber das ist ein langwieriger und nervenaufreibender Prozeß, zudem ist fraglich, ob das Ergebnis wirklich die Mühe wert ist und ob es auch Ihren persönlichen Vorstellungen von Hygiene entspricht. Überlegen Sie sich also lieber, ob Sie Ihrer Katze in der Wohnung eine eigenen Toilette einrichten oder ob Sie das Tier in den Garten schicken.

■ **Toilette im Garten.** Wenn eine Katze freien Auslauf hat, brauchen Sie sich nicht zu überlegen, wo Sie ihre Toilette unterbringen, und Sie sparen sowohl die Ausgaben für die Einstreu als auch die Arbeit der regelmäßig nötigen Reinigung und Abfallbeseitigung. Voraussetzung für diese Lösung ist, daß Ihre Katze ungehindert ins Freie kann und dort einen geeigneten Platz vorfindet — und daß Sie nichts dagegen einzuwenden haben, daß Ihre Pflanzen von Zeit zu Zeit ausgegraben werden. Die meisten Hauskatzen verscharren ihre Losung sehr sorgfältig, aber auch dann kann ein kleiner Garten dem Tier vielleicht zu eng werden — und ob Ihrem Nachbarn diese Art von Gartenbenutzung so recht ist, sollten Sie ebenfalls rechtzeitig bedenken.

Eines der größten Probleme bei der »Gartentoilette« besteht darin, daß Katzen, die es sich aussuchen können, die Ungestörtheit und Sauberkeit (!) eines eigenen Toilettenkistchens vorziehen.

Wenn Sie sich eine Katze anschaffen, brauchen Sie auf jeden Fall ein Toilettenkistchen, da Sie das Tier nicht gleich in den ersten Tagen ins Freie lassen können. Die meisten Kätzchen sind ja auch schon an die Benutzung eines Kistchens gewöhnt, und das Problem besteht eher darin, ihnen das wieder abzugewöhnen. Bei manchen Tieren genügt es, wenn Sie das Kistchen entfernen und die Katze ins Freie scheuchen, wenn sie sich danach auf die

▶ *Diese Katzenmutter (Tabby, rot) scheint recht stolz auf ihren Nachwuchs zu sein, der farblich so schön mit dem Kissen harmoniert.*

Suche macht, bei anderen müssen Sie die Toilette in den Garten stellen. Achten Sie dann darauf, daß der Platz so geschützt ist, daß es auf keinen Fall hineinregnen kann. Manche Katzen bestehen übrigens auch darauf, ihr Geschäft in der Wohnung zu erledigen, selbst wenn im Garten eine saubere Toilette auf sie wartet.

Eine gesunde Katze sollte eigentlich nur etwa alle zwölf Stunden nach draußen müssen, es sei denn, sie bekommt Trockenfutter und nimmt deshalb mehr Flüssigkeit zu sich. Daher ist ein Katzentürchen nicht unbedingt erforderlich, wenn Sie sich auf Ihre Katze verlassen können und sie nicht zu lange allein lassen. Kleine Kätzchen und ältere Tiere müssen öfter ins Freie.

■ **Toilettenkistchen.** Eine Katzentoilette brauchen Sie auf jeden Fall, wenn Sie in einer Etagenwohnung wohnen, keinen Garten haben oder Ihren Garten schonen wollen. Bei jüngeren oder älteren Tieren ist die Anschaffung ebenfalls empfehlenswert. Jetzt müssen Sie nur noch einen passenden Platz dafür finden, wo die Katze relativ ungestört ist und Sie ein wenig Einstreu auf dem Boden nicht allzu sehr stört. Die Küche scheidet aus hygienischen Gründen aus. Am besten eignen sich eine nicht benutzte Gästetoilette oder eine Veranda. In einer kleineren Wohnung kommt das Badezimmer in Frage. Bei Platzmangel kann die Katzentoilette direkt in die Badewanne gestellt werden; das hat den Vorteil, daß die Einstreu nicht überall herumgetragen wird, und den Nachteil, daß die Badewanne vor jeder Benutzung gesäubert werden muß. Für eine Katzentoilette in der Wohnung brauchen Sie unbedingt spezielle Einstreu aus der Tierhandlung. Sand oder Gartenerde erfüllen nicht denselben Zweck, da sie keine geruchshemmende Wirkung haben. Probieren Sie verschiedene Sorten aus, bis Sie und Ihre Katze das Richtige gefunden haben.

Schwere Streu klumpt schneller, hat nicht so große Saugkraft und muß daher häufiger vollständig erneuert werden. Bei leichter Streu können Sie das, was verklumpt und naß ist, mit einem Schäufelchen herausnehmen und den Rest bis zur gründlichen Reinigung (mindestens einmal pro Woche) weiterverwenden. Tragen Sie bei der Säuberung des Katzenklos Gummihandschuhe, und verpacken Sie die gebrauchte Streu gut in Zeitungspapier und zusätzlich in einer Plastiktüte: Es gibt kaum etwas Unangenehmeres als Katzenexkremente im Abfalleimer. Wegen der

▲ *Die cremefarbene Burma scheint sich im Moment nicht ganz wohl zu fühlen – vielleicht weil ihre Toilette allzu exponiert ist.*

▲ *Auch Katzen, die ihr Geschäft im Garten erledigen, sind dabei gern ungestört – der Blick dieser Mackerel Tabby spricht Bände.*

▲ *Selbst kleine Katzen sollte man schon richtig halten: mit einer Hand unter den Ellenbogen und der anderen unter den Hinterbeinen.*

Ansteckungsgefahr mit Toxoplasmose (s. Kapitel VI) dürfen schwangere Frauen nicht mit der Katzentoilette in Berührung kommen.

Katzentoiletten erhalten Sie in den verschiedensten Ausführungen im Fachhandel. Größere Katzen brauchen z. B. mehr Platz, und Toilettenschalen mit Haube sind weniger dazu gedacht, daß das schamhafte Kätzchen sein Geschäft unbeobachtet erledigen kann, als dazu, die Umgebung vor Katzenstreu zu schützen. Eine Zeitung unter der Katzentoilette erfüllt — wenn auch nicht ganz — denselben Zweck.

Der richtige Umgang mit der Katze

Die Katzenmutter packt ihre Jungen zwar am Nackenfell, um sie zu transportieren, eine erwachsene Katze würde Ihnen diese Behandlung jedoch außerordentlich übelnehmen. Nehmen Sie sie lieber am Oberkörper direkt hinter den Vorderbeinen hoch und unterstützen Sie sie unter den Hinterbeinen. Achten Sie darauf, daß Sie das Tier nicht am Bauch hochheben, das ist ihm unangenehm.

Wenn Sie etwas vorhaben, was Ihre Katze vielleicht nicht so sehr mag, wie Tablettengeben oder Ohrenreinigen, müssen Sie schon etwas fester zupacken. Wenn Ihnen niemand bei diesen Aktionen behilflich sein kann, knien Sie sich am besten mit geschlossenen Fersen auf den Boden und drücken das Tier gegen Ihren Körper. Wollen Sie Ihrer Katze das Maul öffnen, greifen Sie von oben mit Daumen und Zeigefinger unter die Backenknochen und ziehen den Kopf nach oben. Öffnen Sie das Maul mit dem Zeigefinger der anderen Hand, und befördern Sie die Tablette wenn möglich hinter die Zunge.

Bei der Ohrenpflege halten Sie das Ohr mit Daumen und Zeigefinger und drücken es leicht nach außen, so daß die Ohrmuschel gut sichtbar wird, und reinigen das Ohr ganz vorsichtig mit einem Wattebausch. Solange Sie das untere Ende der Watte nicht aus den Augen verlieren, können Sie nichts falsch machen. Diese Methode hält eine zum Widerstand entschlossene Katze zwar nicht davon ab, Sie heftig zu kratzen, gibt Ihnen jedoch eine reelle Chance.

Die meisten Katzen hassen Flohsprays und verstecken sich, sobald auch nur die Dose irgendwo zum Vorschein kommt. Wenn es Ihnen schließlich gelungen ist, Ihren kleinen Liebling unter dem Sofa hervorzulocken, ergreifen Sie ihn am besten mit der linken Hand am Nackenfell und halten ihn so in sitzender Position, bis Sie ihn mit der rechten Hand eingesprüht haben. Das ist zwar nicht sehr bequem, reicht aber aus, um das Tier für die notwendigen fünf Sekunden außer Gefecht zu setzen. Versuchen Sie jedoch nicht, es auf diese Weise hochzuheben. Auch wenn Sie das verfilzte Fell Ihrer Katze bürsten wollen, sie baden oder eine Wunde versorgen müssen, ist der Griff ins Nackenfell die wirksamste Methode. Drücken Sie dabei die Katze im Nacken sanft, aber nachdrücklich nach unten. Es ist falsch verstandene Rücksicht auf die Wünsche Ihrer Katze, wenn Sie das Fell schmutzig und eine Wunde unversorgt lassen. Sollte Ihre Katze da anderer Meinung sein, tragen Sie bei der Arbeit feste Leder-, eventuell Motorradhandschuhe.

Leine und Geschirr

Wenige Leute versuchen, ihre Katze soweit zu bringen, daß sie an der Leine geht. Es ist jedoch sehr wichtig, daß sich das Tier so früh wie nur irgend möglich an ein Halsband gewöhnt, damit es nicht als Streuner betrachtet oder für herrenlos gehalten und von einer anderen Familie adoptiert wird. Eine kleine Anhängerkapsel mit Ihrer Adresse ermöglicht es, Sie zu benachrichtigen, wenn Ihre entlaufene Katze gefunden oder verletzt worden ist. Vielleicht hat Ihre Katze zu Anfang etwas gegen ein Halsband, Sie sollten aber dafür sorgen, daß sie sich allmählich trotzdem damit abfindet.

Viele Leute sind der Ansicht, daß eine Katze ohne Halsband besser aussieht. Das kann durchaus der Fall sein, wiegt aber das Risiko nicht auf, daß das Tier in einem Labor landet oder Sie im Falle eines Unfalles nie erfahren, was aus Ihrem Kätzchen geworden ist. Glatte Halsbänder sind praktischer, weil sie sich weniger im Fell verfangen, Reflektoren erhöhen die Sicherheit bei nächtlichen Ausflügen. Die Auswahl ist so groß, daß Sie sicher eine passende Farbe und Ausführung für Ihre Katze finden werden. Auch Antiparasiten-Halsbänder können recht schick sein. Achten Sie auf jeden Fall darauf, daß das Halsband einen Gummizug hat, damit Ihre Katze herausschlüpfen kann, wenn sie irgendwo hängengeblieben ist.

Eine Katze sollte unter gar keinen Umständen angebunden werden, wenn Sie ihren Bewegungsspielraum unbedingt beschränken müssen, setzen Sie sie in einen Transportbehälter. Eine Leine dagegen kann recht nützlich sein, z. B. auf Reisen oder wenn das Tier sich an einen fremden Garten gewöhnen soll. Die Leine muß an einem Brustgeschirr (nie am Halsband!) befestigt werden. Das Geschirr sollte so eng wie möglich sitzen, ohne jedoch einzuengen. Auch bei optimalem Sitz wird es einer widerspenstigen Katze gelingen, sich von dem lästigen Geschirr zu befreien, wenn sie an der Leine ziehen kann. Sie sollten es also nicht auf einen Zweikampf ankommen lassen, sondern den Bewegungen der Katze folgen und sie nur sanft zurückhalten, wenn es nötig ist. Legen Sie der Katze zuerst einmal in der Wohnung das Geschirr für kurze Zeit zum Eingewöhnen an, und versuchen Sie es dann allmählich mit der Leine. Übrigens eignet sich eine flexible Leine am besten. Zu Anfang folgen Sie einfach dem Tier und gewöhnen es dann langsam an leichten Zug an der Leine, zuerst in der gewohnten Umgebung, später im Freien. Die meisten Katzenbesitzer sind vollauf zufrieden, wenn sie dieses Stadium erreicht haben, man kann eine Katze aber auch daran gewöhnen, an der Leine zu gehen — zu einem »bei Fuß« läßt sich jedoch keine Katze überreden!

▲ *Brustgeschirr und Leine ermöglichen einen gefahrlosen Ausflug in einem fremden Garten.*

▶ *Kleine Kätzchen begreifen meist sehr schnell, was es mit einer Katzentür auf sich hat. Hier befindet sie sich in der Außenwand und nicht in der Haustür.*

Die Katze und Ihr Lebensstil

Katzen sind sehr viel anspruchsloser als Hunde und können sehr viel länger allein sein. Sie sind so tolerant und flexibel in dieser Beziehung, daß nur Leute, die täglich mehr als 10 bis 12 Stunden außer Haus sind, als Katzenbesitzer wirklich ungeeignet sind.

Manche Leute vertreten die Meinung, daß man eine Katze überhaupt nicht ins Freie lassen dürfe, da sie dort viel zu vielen Gefahren ausgesetzt sei; andere wiederum halten es für Tierquälerei, eine Katze ausschließlich in der Wohnung zu halten. Wie immer kommt es jedoch auch hierbei auf die Umstände an. Im Haus geborene Kätzchen, die genug Spielzeug und Platz zum Herumtollen haben, vermissen sicherlich nichts, was sie niemals kennengelernt haben. In verkehrsreichen Wohngebieten ist dies oft die einzige Möglichkeit, eine Katze zu halten. In ruhigen Wohngebieten oder auf dem Lande genießt es eine Katze bestimmt, wenn sie freien Auslauf hat und hin und wieder auf die Jagd gehen kann. Ein Katzentürchen ermöglicht es Ihrer — allerdings auch jeder anderen — Katze, ungehindert zu kommen und zu gehen. Die meisten Tiere sind jedoch auch mit einem menschlichen Türsteher vollauf zufrieden. Wenn Sie vorhaben, Ihre Katze nachts im Freien zu lassen, bedenken Sie bitte, daß gerade in der Nacht die meisten Unfälle mit Katzen passieren. Versuchen Sie also lieber, Ihre Katze zu überreden, nach Hause zu kommen, bevor Sie zu Bett gehen, in Gegenden mit viel Verkehr sollte das Katzentürchen über Nacht verschlossen bleiben. Selbst passionierte Jäger schlafen gern noch ein paar Stunden im eigenen Bett. Wenn Ihre Katze also nicht rechtzeitig zu Hause ist und nicht mehr ins Haus kommen kann, sollten Sie ihr in der Garage oder einem Gartenhäuschen einen gemütlichen Schlafplatz einrichten.

Zwar sollten Sie nicht unbedingt ein Haustier halten, wenn Sie mehrmals in der Woche tagsüber und nachts nicht zu Hause sind, man kann eine Katze aber durchaus einmal für 18 Stunden allein lassen. Sie müssen dann nur dafür sorgen, daß die Katzentoilette sauber ist, wenn das Tier nicht ins Freie kann, und daß genügend Futter und Wasser bereitsteht. Wenn Sie zurückkommen, kann es gut sein, daß Ihnen Ihre Katze miauend auf Schritt und Tritt

Staywell

folgt: Sie hat Sie vermißt und verlangt nun eine Extraportion Aufmerksamkeit und Zuwendung.

Wenn Sie Ihre Katze für mehr als 18 Stunden allein lassen wollen, sollten Sie auch ein sehr selbständiges Tier nicht völlig sich selbst überlassen und erwarten, daß es sich schon irgendwie durchschlägt; treffen Sie wie bei einem Urlaub Vorkehrungen für seine Versorgung (s. Kapitel IV).

Pflege

■ **Allgemeine Pflegehinweise für Kurzhaarkatzen.** Das Fell von Kurzhaarkatzen braucht nicht oft gebürstet zu werden, Sie sollten aber trotzdem einmal in der Woche einen Pflegetag einlegen, damit Sie mit dem Körper Ihrer Katze so gut vertraut sind, daß Sie eventuelle Veränderungen schon im Frühstadium bemerken. Am besten gewöhnt man kleine Kätzchen schon recht früh an die Fellpflege, aber auch ältere Katzen haben meist nichts gegen eine weiche Bürste einzuwenden. Setzen Sie das Tier auf eine helle Unterlage, und untersuchen Sie die beim Bürsten ausgegangenen Haare sorgfältig auf Flohkot — kleine schwarze »Korkenzieher«, die rostrote Flecken hinterlassen, wenn sie noch feucht sind — oder Flöhe, und achten Sie darauf, daß auch kleinste Verschmutzungen und Knötchen entfernt werden. Teilen Sie das Fell, und kontrollieren Sie auch die Haarwurzeln auf Anzeichen von Flöhen. Streichen Sie mit beiden Händen über den Körper, um festzustellen, ob Narben oder Wunden vorhanden sind.

Augen und Nase sollten keine Absonderungen aufweisen. Kontrollieren Sie die Ohren auf Milbenbefall. Die Ohren müssen ganz sauber sein und dürfen höchstens ein klein wenig Ohrenschmalz haben. Bei den geringsten rötlichen Verkrustungen sollten Sie den Tierarzt zu Rate ziehen. Auch ein Blick ins Mäulchen ist erforderlich, damit Sie über Zahnstein und Zahnfleischentzündung informiert sind. Zur Begutachtung der oberen Backenzähne ziehen Sie die Oberlippe nach oben und hinten. Sehen Sie nach, ob die Krallen in Ordnung sind, und werfen Sie auch einen Blick unter den Schwanz: Wenn Ihre Katze Bandwürmer hat, finden Sie am After bewegliche weiße Glieder oder wie Reiskörner aussehende trockene Körnchen im Fell. Diese Routineuntersuchung braucht nur ein paar Minuten in Anspruch zu nehmen und ist ein wertvoller Beitrag zur Gesundheitsfürsorge. Wenn Sie ein Flohspray benutzen, sollten Sie die Behandlung damit alle zwei Wochen wiederholen.

▶ *Bei einer Kurzhaarkatze wie dieser Russisch Blau reicht eine weiche Bürste für die Fellpflege. Das Zeitungspapier schützt nicht nur den Teppich, auch Flohkot ist darauf gut zu erkennen.*

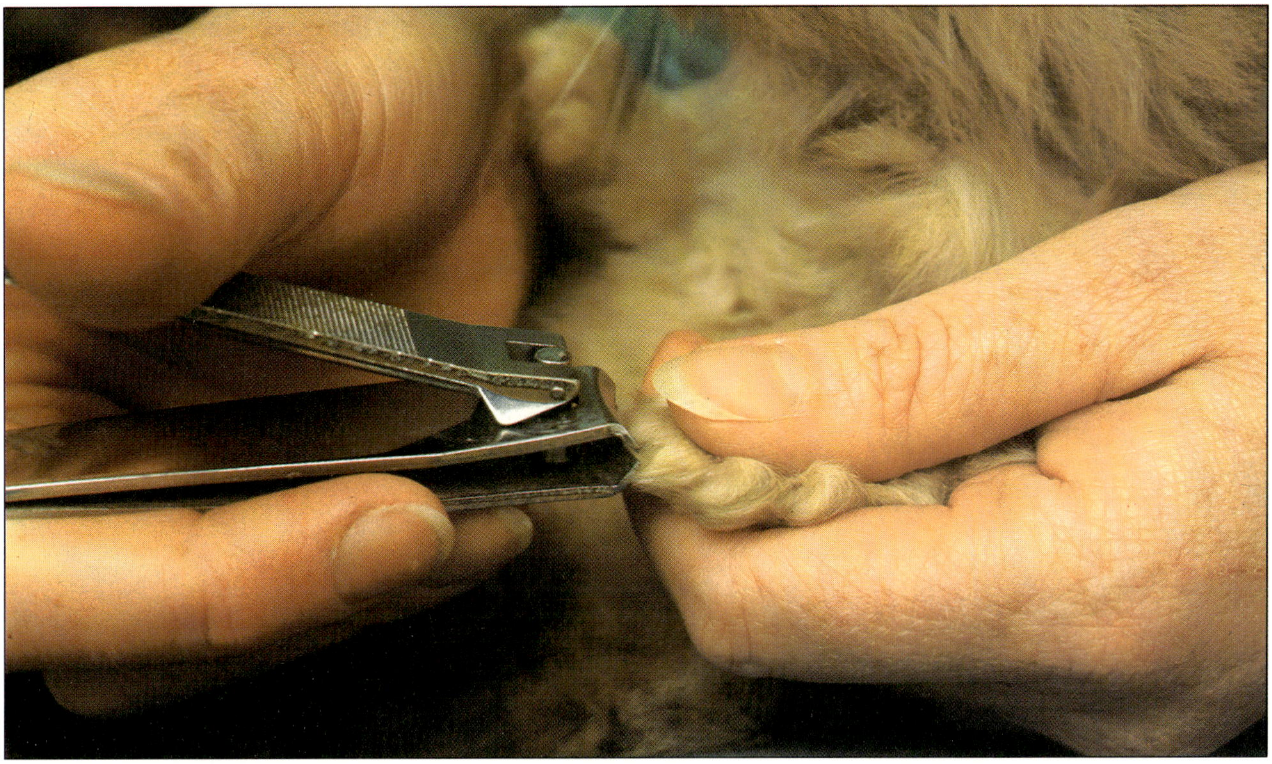

▲ *Das Kürzen der Krallen ist nicht unbedingt erforderlich, wird aber für manche Katzenausstellungen verlangt.*

◀ *Gründliches Reinigen der Ohren gehört zur Ausstellungsvorbereitung, sonst ist es nur nach Milbenbefall notwendig.*

■ **Pflegehinweise für Langhaarkatzen.** Das oben Gesagte gilt natürlich auch für Langhaarkatzen, nur die Fellpflege — mit Kamm und Bürste — nimmt hier mehr Zeit in Anspruch. Bei Halblanghaarkatzen reicht unter Umständen eine gründliche Fellpflege pro Woche aus, echte Langhaarkatzen müssen jedoch unbedingt täglich gekämmt werden, damit das Haar nicht verfilzt. Achten Sie darauf, daß auch wirklich die ganze Katze gekämmt wird: Die Bereiche hinter den Ellenbogen, zwischen den Beinen und an den Seiten des Schwanzes gehören dazu. Viele Katzen halten nichts von dieser Prozedur, besonders dann, wenn Knötchen und Verfilzungen herausgekämmt werden müssen, deshalb ist es besonders wichtig, das Tier schon ganz früh an den Kamm zu gewöhnen. Wird die Pflege nicht regelmäßig durchgeführt, wird sie immer schwieriger und schmerzhafter. Unter Umständen ist sogar ein Gang zum Tierarzt erforderlich, der die Verfilzungen dann unter Vollnarkose beseitigt. Damit ist das Problem aber nur für den Moment aus der Welt.

Bei Langhaarkatzen muß die Untersuchung auf Ohrmilben und Flöhe besonders gründlich ausfallen.

■ **Pflege für die Katzenschau.** Wenn Sie eine bestimmte Rasse ausstellen wollen, sollten Sie einen Experten um Pflegetips bitten. Viele Katzen müssen für eine Ausstellung gebadet werden, besonders Tiere mit hellem Fell, mit größeren weißen Flächen oder Langhaarkatzen. Kleinere weiße Stellen können gesondert ausgerieben werden. Durch das Baden wird den Haaren das Fett entzogen, und das Fell verliert seinen Glanz. Im Idealfall sollte das Bad also mindestens eine Woche vor dem Ausstellungstermin genommen werden — Sie müssen dann nur noch dafür sorgen, daß das Tier bis dahin sauber bleibt! Wenn Sie ein Trockenshampoo verwenden, darf davon auch nicht die kleinste Spur übrigbleiben. Beginnen Sie mit der normalen Fellpflege, und säubern Sie Ihrer Katze anschließend Pfoten, Krallen und Afterbereich. Manche Veranstalter verlangen ein Kürzen der Krallen. Die Ohren sollten mit einem feuchten Wattebausch von Ohrenschmalz gereinigt werden, Augen und Nase werden mit einem feuchten Tuch abgewischt. Achten Sie dabei darauf, daß Sie nicht ins Auge geraten, die entstehende Rötung könnte bei der tierärztlichen Untersuchung für eine Infektion gehalten und das Tier deshalb disqualifiziert werden. Reiben Sie zum Schluß das Fell mit einem Samtlappen ab. Fast all das kann bereits am Vortag erledigt werden, vergessen Sie jedoch nicht, direkt vor dem großen Auftritt auch noch die letzten Spuren des Frühstücks zu beseitigen!

■ **Baden.** Zur Vorbereitung für Ausstellungen mag das Bad zur Routine gehören, im Normalfall ist es jedoch eine absolute Notmaßnahme.

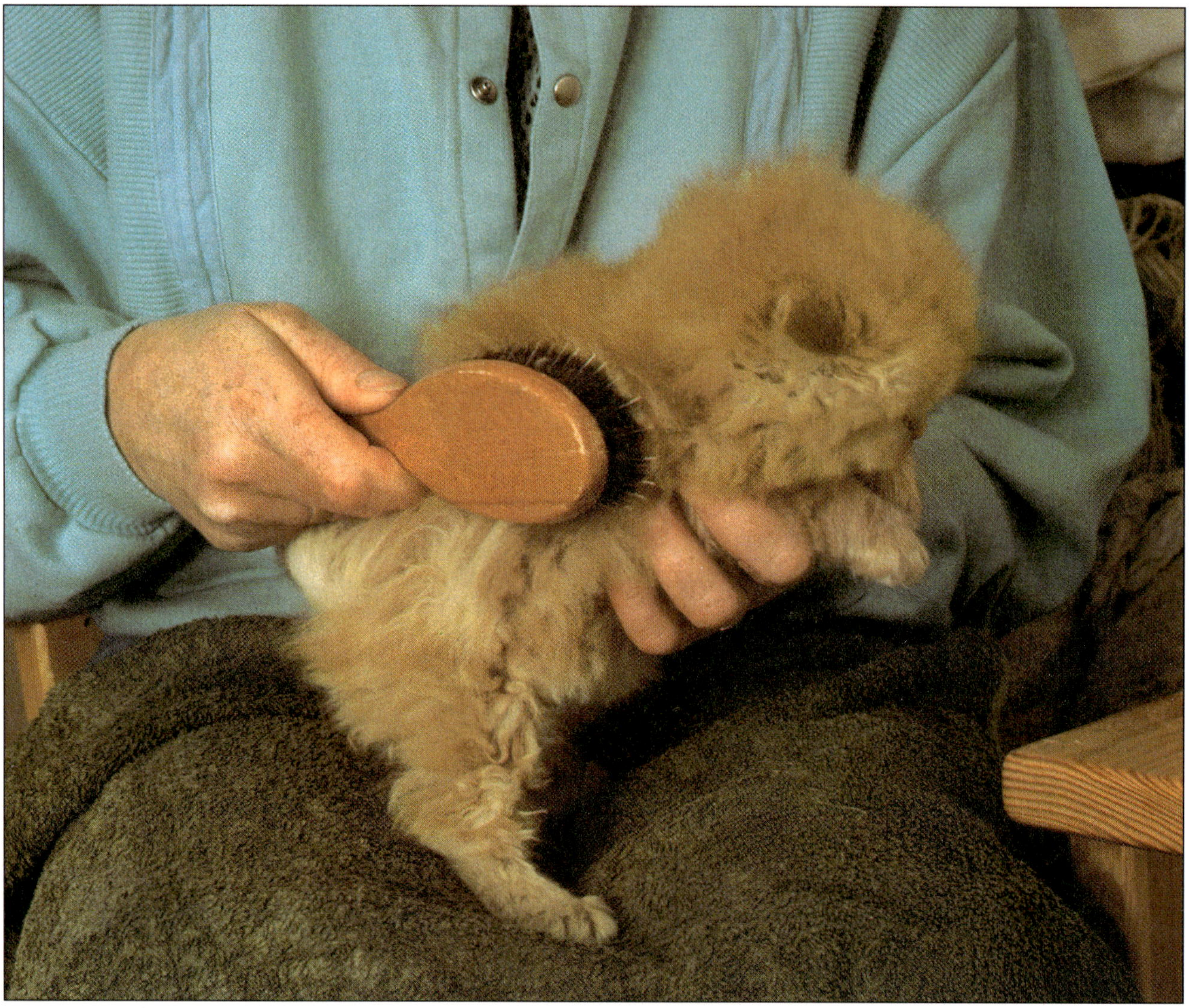

▲ *An gründliche Fellpflege sollte man schon ganz kleine Kätzchen zeitig gewöhnen.*

▶ *Die Augen einer Katze müssen regelmäßig vorsichtig ausgewischt werden; allerdings sollten Sie die Katze dabei ansehen.*

Wenn Schlamm, Straßenschmutz oder Flohkot eine Grundreinigung nötig machen, reicht ein gründliches Bad im allgemeinen aus, um den Schaden zu beheben. Wenn Sie jedoch den Verdacht haben, daß das Tier mit Öl, Farbe oder chemischen Substanzen in Berührung gekommen ist, sollten Sie den Tierarzt um Rat fragen. Das Badezimmer oder die Waschküche sind sicher geeigneter für eine »Katzenwäsche« als die Küche, eine Handdusche ist sehr nützlich. Verstopfen Sie die Ohren der Katze mit etwas Watte und sorgen Sie für eine rutschfeste Unterlage. Achten Sie darauf, daß das Wasser auch wirklich lauwarm ist, bevor Sie das Fell vorsichtig mit der Handdusche oder einer Plastiktasse anfeuchten.

Vielleicht vereinfacht es das Verfahren, wenn Sie zu Ihrer Katze in die Wanne steigen — am besten gleich im Badeanzug! Halten Sie das Tier sanft, aber bestimmt fest und vermeiden Sie komplizierte Judogriffe. Ein Brustgeschirr kann praktisch sein, aber am besten hat sich der feste Griff im Nackenfell bewährt. Es gibt spezielle Tiershampoos, aber eines für Menschen (am besten für Babys) erfüllt denselben Zweck, wenn Sie nicht gegen Parasiten vorgehen müssen.

Verwenden Sie so wenig Shampoo wie möglich, und achten Sie sorgfältig darauf, daß Augen, Ohren, Nase und Mäulchen nichts abbekommen. Wenn das Shampoo eine Zeitlang einwirken muß, halten Sie die Katze in der Zwischenzeit warm, und passen Sie auf, daß sie sich nicht lecken kann. Spülen Sie das Shampoo mit reichlich klarem Wasser sehr sorgfältig aus.

Anschließend drücken Sie so viel Wasser wie möglich aus dem Fell und rubbeln die Katze, so gut es geht, mit einem Handtuch trocken. Danach muß sie in einem warmen Raum gehalten werden, bis sie wirklich ganz trocken ist. Das Verfahren läßt sich abkürzen, wenn Ihre Katze

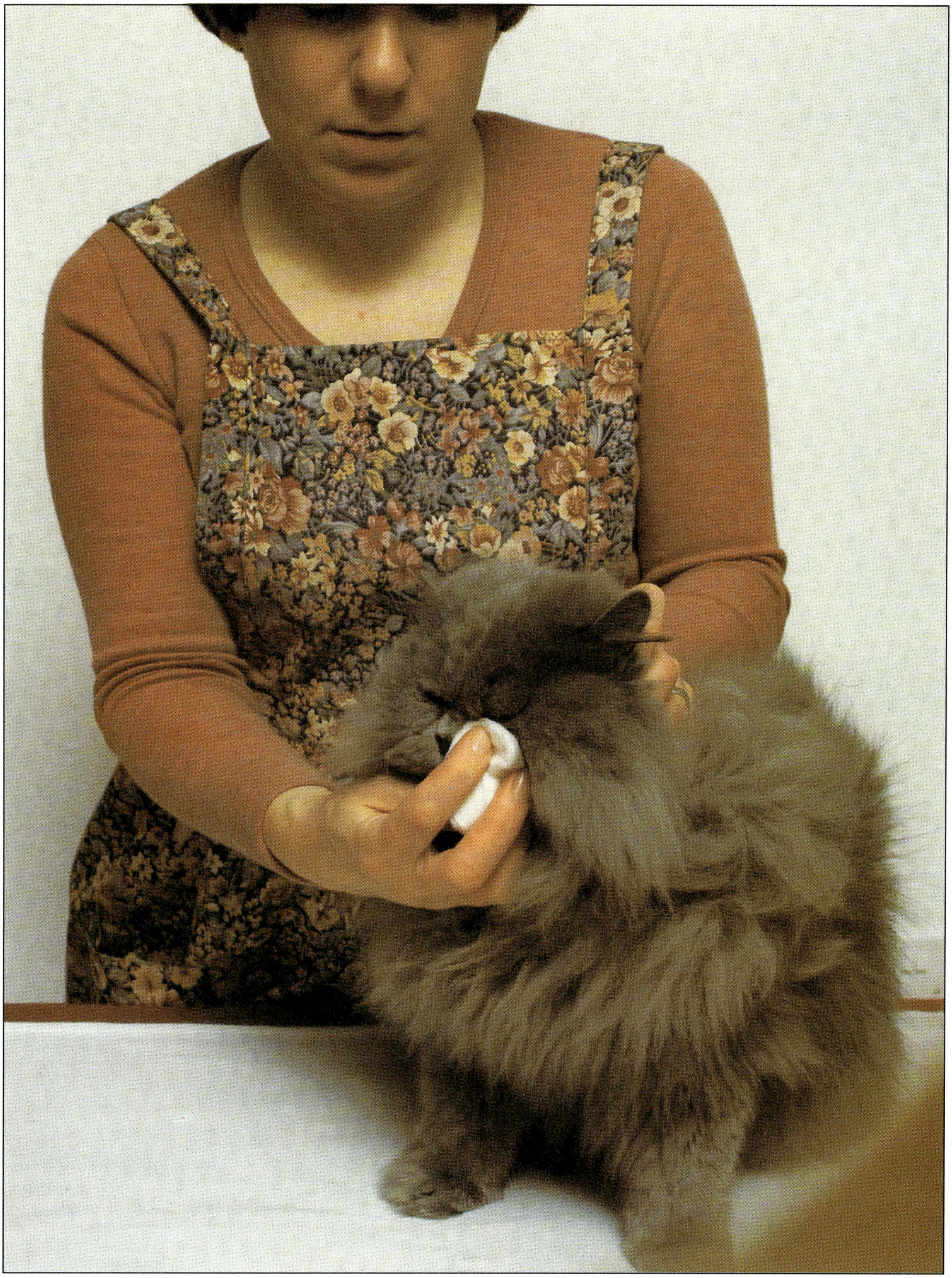

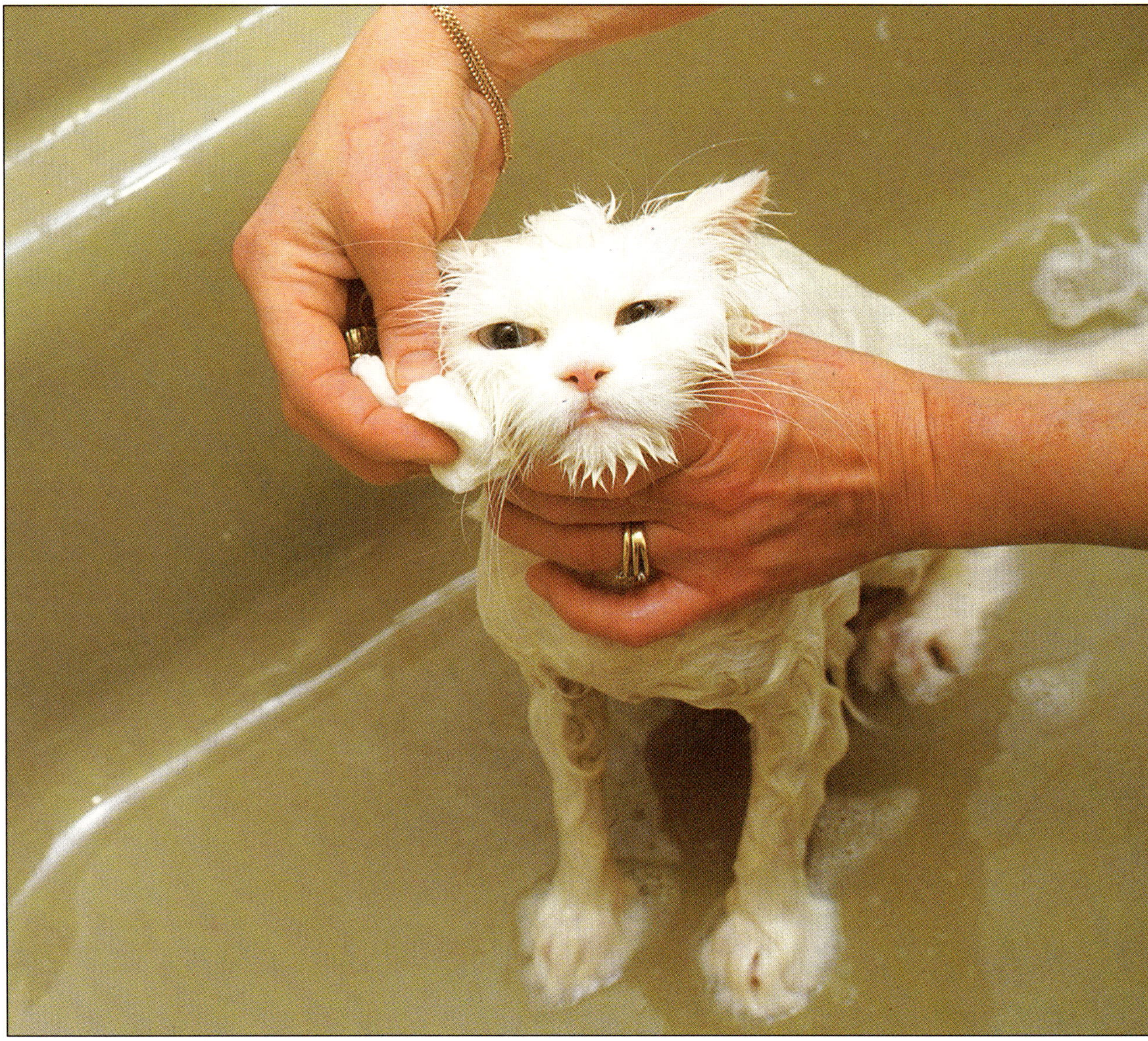

▲ *Diese weiße Perserkatze ist ganz offensichtlich an regelmäßiges Baden gewöhnt (Nur so wird ihr Fell bei einer Ausstellung preisverdächtig.) – jede andere Katze würde die Prozedur wohl kaum so ergeben über sich ergehen lassen.*

nichts gegen die Benutzung eines Föns (auf geringster Leistungsstufe) einzuwenden hat. Vergessen Sie nicht, dem Tier die Watte wieder aus den Ohren zu nehmen. Wenn all das überstanden ist, machen Sie sich auf die Suche nach Jod und Verbandszeug und versorgen Ihre Wunden. Machen Sie sich darauf gefaßt, besorgten Bekannten die Situation genauestens zu schildern, die sonst unweigerlich zu dem Schluß kommen, Sie hätten versucht, sich die Pulsadern aufzuschneiden.

Mit der Katze verreisen

Wenn Sie mit der Katze unterwegs sind, brauchen Sie unbedingt einen Transportbehälter. Selbst die kurze Strecke bis zum Tierarzt wird schier unüberwindlich, wenn Sie das Tier auf dem Arm tragen wollen. Der Handel bietet die verschiedensten Transportbehälter an. Es gibt Körbe, die den Vorteil haben, daß sie gut belüftet und recht leicht sind, außerdem fühlt sich eine Katze darin sicher aufgehoben. Ein solider Plastikkasten ist auch recht praktisch, muß aber Luftlöcher haben. Transparentes Material ist nichts für ein nervöses Tier. Ein Maschendrahtkäfig ist bei Tierärzten sehr beliebt, weil der Patient zu sehen ist.

Er ist leicht sauber zu halten, allerdings ist er meistens recht zugig, und ohne Abdeckung wird sich eine Katze darin nicht sehr wohl fühlen. Behälter, die sich von oben öffnen lassen, sind meist ausbruchsicherer als Körbe mit seitlicher Öffnung, aufgrund der dadurch bedingten quadratischen Form lassen sie sich jedoch schlecht tragen.

▲ *Es ist sehr wichtig, daß das Shampoo vollständig ausgespült wird, vor allem wenn das Mittel ein Insektizid enthält, die Katze könnte es sonst beim Putzen auflecken.*

Transportkartons aus Pappe sind eine Notlösung, weil sie nicht stabil genug sind.

Wenn Sie einen Transportkorb kaufen, achten Sie darauf, daß er auch für ein ausgewachsenes Tier noch groß genug ist und sich trotzdem noch gut tragen läßt. Natürlich können Sie auch zwei (befreundete!) Katzen zusammen in einem Behälter transportieren, überlegen Sie aber genau, mit welcher Größe und welchem Gewicht Sie dabei noch zurechtkommen. Um Ihre Katze an den Reisekorb zu gewöhnen, sollten Sie sie nicht im Haus hineinsetzen, da sie kaum einsehen wird, weshalb sie in der gewohnten Umgebung eingesperrt wird. Machen Sie lieber einen kleinen Spaziergang oder eine kurze Autofahrt mit ihr, damit sie sich eingewöhnen kann. Beobachten Sie all ihre raffinierten Ausbruchspläne genau, damit Sie wissen, ob und wo Sie noch einen Extraverschluß anbringen müssen, um dem angehenden Entfesselungskünstler einen Strich durch die Rechnung zu machen. Solange der Korb gemütlich, d. h. mit einem weichen Tuch oder Pullover ausgestattet ist (ein Kissen wäre zu voluminös), wird sich wohl jede Katze in fremder Umgebung ganz gern dahin zurückziehen.

Längere Reisen lassen immer Probleme entstehen, ganz gleich, ob Sie nun mit dem Auto oder mit öffentlichen Verkehrsmitteln unterwegs sind. Sie können Ihren Tierarzt um ein Beruhigungsmittel bitten, aber bei Katzen haben sie manchmal gegenteilige Wirkung und sind daher kaum zu empfehlen.

Verschieben Sie größere Reisen am besten so lange, bis Ihre Katze sich an den Transportbehälter gewöhnt hat.

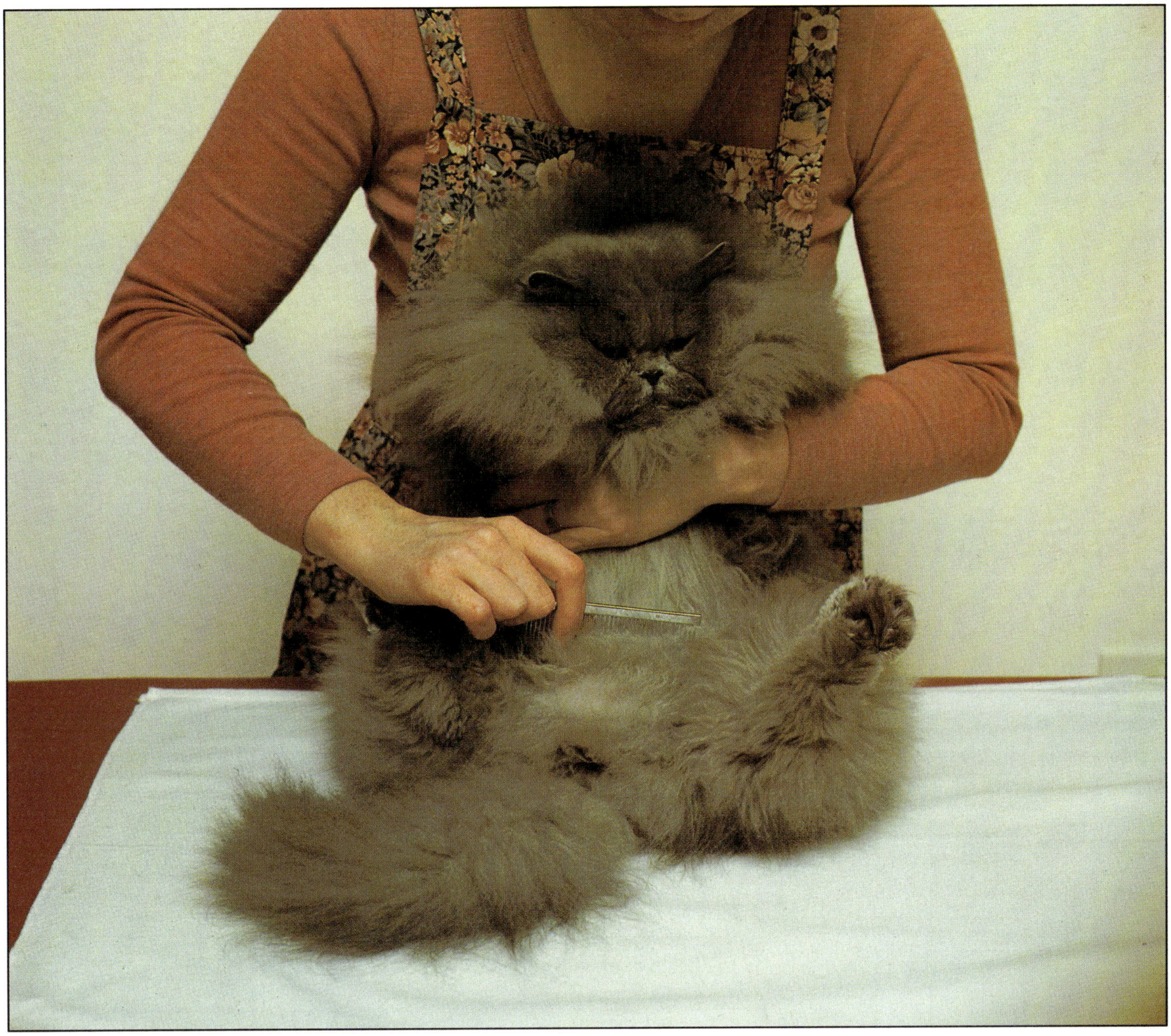

▲ *Diese voll ausgewachsene Perserkatze ist selbst beim Kämmen der empfindlichen Stellen ganz entspannt. Diese »Mitarbeit« der Katze ist sehr wichtig, wenn man das üppige Fell erfolgreich vor dem Verfilzen bewahren will.*

◀ *Langhaarkatzen sollten schon in frühester Jugend an regelmäßige Fellpflege durch den Menschen gewöhnt werden.*

Lassen Sie das Tier auch im eigenen Wagen nicht aus dem Körbchen, eine unternehmungslustige Katze im fahrenden Auto ist höchst gefährlich.

Wenn das Tier ganz gern in seinem Körbchen ist, bleibt immer noch der Ruf der Natur das Problem. Wahrscheinlich mag Ihre Katze unterwegs gar nichts fressen. Zur Erledigung des Geschäftchens sind ein Brustgeschirr und eine flexible Leine sehr nützlich, damit Sie dem Tierchen etwas abseits ein wenig Auslauf verschaffen können. Bieten Sie ihm bei diesen Reiseunterbrechungen ein Schälchen Wasser an. Im Sommer ist Überhitzung, die zum Hitzschlag führen kann, die Hauptgefahr. Wenn Ihre Katze mit offenem Maul nach Luft schnappt, sollten Sie sie sofort an einen kühlen, schattigen Platz bringen, bis sich ihr Verhalten wieder normalisiert hat. Geben Sie ihr Wasser zu trinken. Droht das Tier zu kollabieren, tauchen Sie seinen Körper so weit wie möglich unter kaltes Wasser und rufen sofort einen Tierarzt. Unterbrechen Sie Ihre Reise bis zum nächsten Morgen.

Wenn Sie Ihre Katze im Flugzeug mitnehmen oder »per Luftpost« verschicken wollen, sollten Sie die Einzelheiten mit dem Reisebüro und Ihrem Tierarzt besprechen. Kurze Flugreisen stellen im allgemeinen kein besonderes Problem dar, aber bei Langstreckenflügen, bei denen das Tier in einem kleinen Käfig allein und mit begrenztem Wasser- und Futtervorrat im Gepäckraum untergebracht wird, sollten Sie überlegen, ob Sie nicht doch eine andere Reisemöglichkeit für Ihre Katze finden. Wenn es sich nicht vermeiden läßt, z. B. weil Sie auswandern wollen, weiß Ihr Tierarzt vielleicht Rat: Es gibt Spezialfirmen für den Transport von Haustieren.

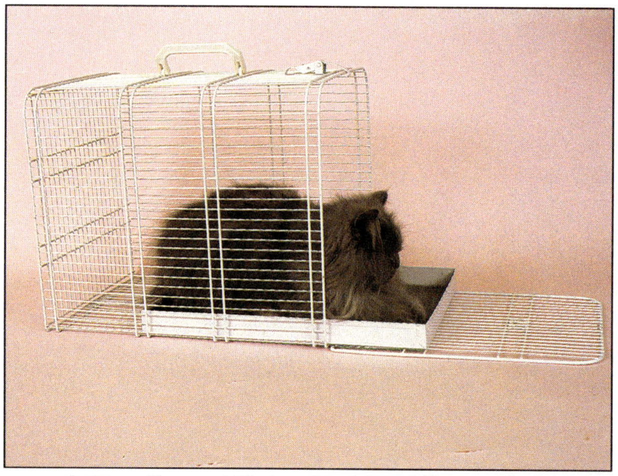

▲ *Dieser Transportkäfig ist so konzipiert, daß man auch eine widerspenstige Katze herausholen kann, ohne sich größere Schrammen zuzuziehen. Der Boden kann zur Not auch als Katzenklo dienen.*

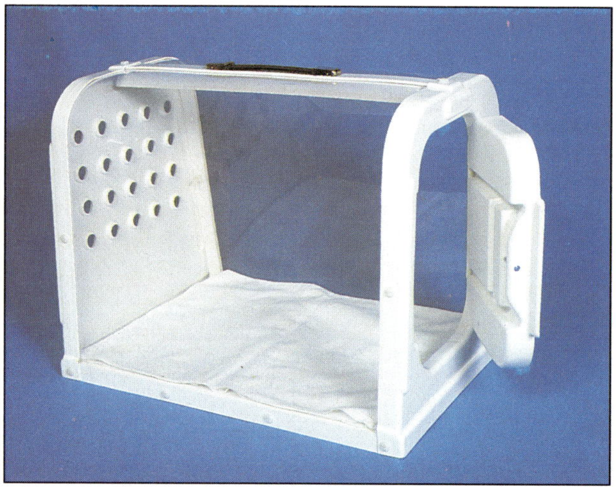

▲ *Durch das solide Plexiglas kann die neugierige Katze genau verfolgen, was um sie herum vorgeht.*

VERSICHERUNGEN

Ihre Katze hat wahrscheinlich nicht so viel gekostet wie Ihr Auto, aber wenn sie sich ein Bein bricht oder ernsthaft krank wird, kann die Arztrechnung unter Umständen höher ausfallen als die Reparaturkosten für einen mittleren Blechschaden. Tierärzte sind im allgemeinen nette, warmherzige Menschen, aber sie sind auch Geschäftsleute, müssen Miete zahlen und meist auch für mehrere Kinder mit der entsprechenden Anzahl von Haustieren sorgen. Sie sind daher kaum in der Lage, Ihren armen Liebling für einen Gotteslohn zu behandeln. Sie sollten also überlegen, ob Sie nicht eine Krankenversicherung für Haustiere abschließen.

Fragen Sie Ihren Tierarzt, ob er Ihnen eine Versicherungsgesellschaft empfehlen kann. Vergessen Sie nicht, das Kleingedruckte in der Police zu lesen, das kann Sie vor bösen Überraschungen bewahren.

Sie sollten die Versicherung abschließen, solange Ihre Katze noch jung ist. Natürlich übernimmt die Gesellschaft nicht die vollen Kosten für Routinebehandlungen wie Entwurmung, Impfungen und Kastration, aber Tiere, die älter als fünf Jahre sind, werden überhaupt nicht mehr aufgenommen. Achten Sie darauf, daß Sie auch wirklich die Versicherungsbedingungen erfüllen (z. B. mit den Impfungen immer auf dem laufenden sind), und überlegen Sie, was für Sie günstiger ist: höhere Beiträge oder eine Selbstbeteiligung.

Bei größeren Behandlungen empfiehlt es sich, vor Beginn mit der Versicherung abzuklären, ob sie die Kosten übernimmt, sonst werden Sie eventuell selbst zur Kasse gebeten.

Schäden, die durch Ihre Katze entstehen, werden meist von der Privathaftpflicht übernommen — werfen Sie aber sicherheitshalber einen Blick in Ihre Police!

KAPITEL DREI

Katzenverhalten

▲ *Es macht viel Spaß, Katzen beim Spielen zuzuschauen.*

Schlafen

Es mag vielleicht seltsam erscheinen, wenn das Kapitel über das Verhalten von Katzen ausgerechnet mit dem Schlaf beginnt, aber schließlich beschäftigen sie sich ja auch den wohl größten Teil des Tages damit. Es ist nicht richtig, daß Katzen reine Nachttiere sind. Wie alle Fleischfresser, die für die Nahrungssuche relativ wenig Zeit benötigen, verbringen sie die übrige Zeit, in der die Beute verdaut wird, im Schlaf. Das gilt sowohl für den Tag als auch für die Nacht. Außerdem ist die günstigste Jagdzeit für kleine Nagetiere, von denen sich freilebende Katzen im wesentlichen ernähren, am späten Abend oder am frühen Morgen. Das bedeutet, daß Katzen dann munter werden, wenn ihre Menschen zu Bett gehen wollen, und wenn sie sich dann auf die Jagd machen, kann es passieren, daß sie gezwungenermaßen die Nacht im Freien verbringen, weil sie nicht mehr ins Haus können. Katzen, die frei ein und aus gehen können, kehren meist recht bald wieder von ihrem Jagdausflug heim und unternehmen vielleicht noch einen zweiten in der Morgendämmerung. Untersuchungen haben ergeben, daß diese Katzen sehr langlebig sind, in Unfälle verwickelt sind meist diejenigen, die aufgrund des Irrglaubens ihrer Besitzer die Nacht im Freien verbringen müssen. Bloß weil Ihre Katze zehn Stunden am Tag schläft, heißt das doch noch lange nicht, daß sie nicht auch nachts gern noch einmal zehn Stunden schläft!

Fellpflege und Krallenschärfen

Es macht Spaß, einer Katze bei der Körperpflege zuzuschauen, sie übertrifft in puncto Beweglichkeit jeden Zirkuskünstler. Die rauhe Katzenzunge mit ihren nach hinten gebogenen harten »Stacheln« wirkt dabei wie ein Kamm. Diese »Stacheln« braucht sie auch bei der Flüssigkeitsaufnahme und zum Abknabbern der Beute. Mit der Zunge kommt eine Katze fast an jede Stelle ihres Körpers, nur Gesicht und Ohren muß sie mit den angefeuchteten Vorderpfoten säubern. Die »Katzenwäsche« dient nicht nur der Reinigung des Fells, sie ist auch Übersprungshandlung, wenn das Tier in einer Situation nicht so recht weiß, was es nun tun soll. Vielleicht löst sich das Problem während des Putzens ja von selbst, wenn nicht, vermittelt die Geschäftigkeit dem zufälligen Beobachter doch wenigstens die Botschaft: »Ich hab' sowieso was ganz anderes zu tun . . .«

▲ *Diese drei Siamkatzen haben es sich zu einem gemeinsamen Nickerchen gemütlich gemacht.*

▲ *Der Körper einer Katze ist so geschmeidig, daß sie ohne weiteres die Unterseite ihres Schwanzes putzen kann.*

◀ *In Grenzsituationen ist das Putzen auch Übersprungshandlung.*

Eine unangenehme Nebenwirkung des Putzverhaltens ist es, daß durch die Hornfortsätze sehr viele Haare geschluckt werden. Sie verlassen den Körper entweder unverdaut auf natürlichem Wege oder werden als »Gewölle« ausgewürgt (meist auf dem besten Teppich). Manchmal macht ein hartnäckiges Haarknäuel in Magen oder Darm auch eine Behandlung notwendig. Bei Langhaarkatzen ist das natürlich ein viel größeres Problem: ein Grund mehr, weshalb Sie auf regelmäßigem Kämmen bestehen sollten. Eine echte Perserkatze z. B. kann ihr Fell kaum ohne menschliche Hilfe vor dem Verfilzen bewahren. Anders als Hunde haben Katzen einziehbare Krallen, die sich beim Laufen nicht abnutzen. Statt dessen entfernen Katzen die alte Hornschicht, indem sie die Krallen so lange über ein passendes Stück Holz ziehen, bis die neue scharfe Kralle darunter zum Vorschein kommt. Sie strekken sich dabei so hoch es geht an einem Zaunpfahl oder Baum und kratzen. In gewisser Hinsicht dient dies auch der Reviermarkierung, da die Höhe der Kratzspuren auf die Größe der Katze Rückschlüsse zuläßt. Katzen, die diese Aktivitäten auf den Garten oder den Teppich (dem das nicht zu schaden scheint) beschränken, sind gut zu haben, wenn jedoch Möbel oder Tapeten dran glauben müssen, ist es höchste Zeit, etwas dagegen zu unternehmen. Verbieten hat wie immer bei Katzen wenig Sinn, bieten Sie statt dessen einen erlaubten Kratzbaum (einen mit Teppich verkleideten Pfosten auf solider Grundfläche) an. Abschreckende Maßnahmen wie das Anbringen von Stanniolpapier an gefährdeten Objekten haben meist gute Wirkung — wirklich unbelehrbare Vandalen müssen Sie aber vielleicht aus den schonungsbedürftigen Zimmern aussperren.

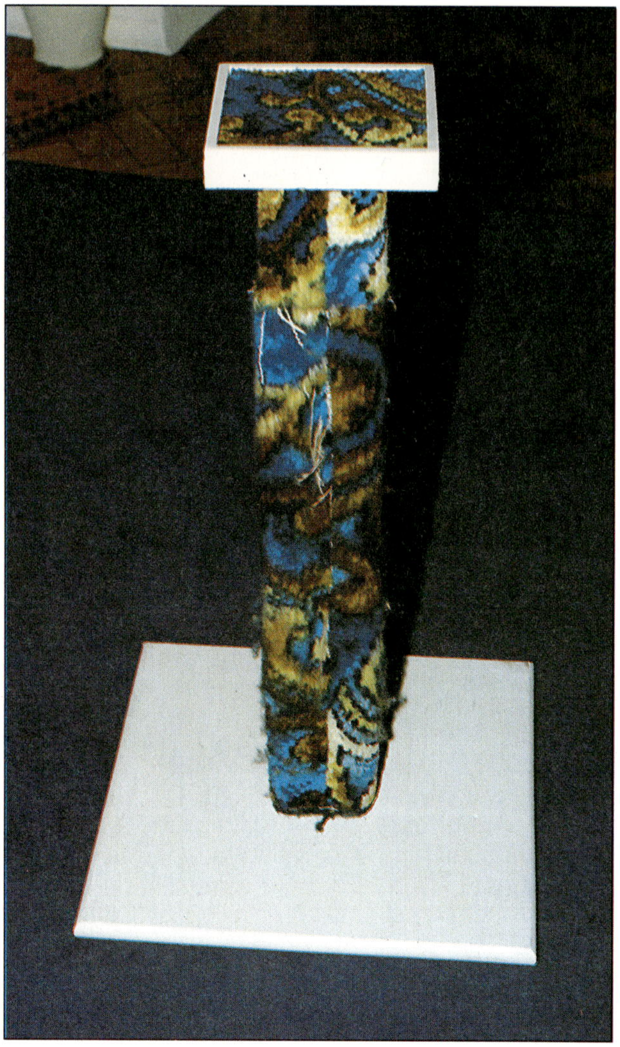

▲ *Ein geeigneter Kratzbaum trägt zur Schonung des Mobiliars bei. Er sollte sehr solide sein und eine große Bodenplatte haben, damit er nicht kippen kann.*

▶ *Krallenschärfen im Freien. Junge Bäume sollten geschützt werden, damit die Katze die zarte Rinde nicht herunterkratzen kann.*

Manche Tierärzte sind bereit, einer Katze die Krallen an den Vorderpfoten chirurgisch zu entfernen, wenn sie zu dem Schluß kommen, daß dies die einzige Alternative zur Einschläferung ist. Eine Katze ohne Krallen ist jedoch ziemlich wehrlos, kann überhaupt nicht klettern und ist bei größeren Sprüngen sehr unsicher.

Revierverhalten

Katzen sind Reviertiere, und auch Hauskatzen, die mehr an ihren Menschen als an ihr Revier gebunden sind, zeigen deutliches Revierverhalten und markieren eifrig, oft sogar ihre Besitzer. Am unangenehmsten ist dabei das Markieren durch Urinspritzen, das sich aber fast nur bei unkastrierten Katern beobachten läßt.

▲ *Vielleicht wird sie die Jagdbeute gleich stolz ihrem Menschen präsentieren. Ob der ein totes Kaninchen als Liebesbeweis wohl zu schätzen weiß?*

◀ *Ein Kater markiert sein Revier. Selbst im Freien ist der Geruch »umwerfend«.*

Dieser Katerurin hat einen wirklich widerlichen Geruch und wird im Revier mit einer für das normale Urinieren völlig untypischen Haltung verspritzt. Der Kater hebt dazu den Schwanz, paddelt mit den Hinterpfoten und versprüht einen feinen Nebel. Kastrierte Kater und Katzen, die dasselbe Verhaltensmuster aufweisen, haben natürlich nicht ganz den üblen Geruch, aber trotzdem ist diese Angewohnheit sehr lästig und dem Tier nur sehr schwer wieder abzugewöhnen. Manchmal hilft eine Hormonbehandlung.

Eine weitere, sehr viel weniger störende Methode der Reviermarkierung besteht darin, daß das Tier mit den Duftdrüsen an den Wangen Türrahmen und Möbel markiert. Sie können eine Katze oft dabei beobachten, wie sie die Duftmarken anderer Katzen intensiv beschnüffelt, bevor sie selbst markiert. Am besten schützen Sie empfindliche Tapeten an den Ecken mit transparenter Klebefolie, bevor es zu spät ist. Selbst dann werden Sie jedoch in regelmäßigen Abständen mit einem Lappen kleine braune Flecken wegwischen müssen. Wenn Ihre Katze also zärtlich das Köpfchen oder den Körper an Ihren Beinen reibt, markiert sie ihren Menschen, und das heißt nichts anderes als »Du gehörst mir«.

Jagen und Spielen

Katzen haben einen sehr gut entwickelten Jagdinstinkt, der auch bei Hauskatzen noch nach Tausenden von Generationen sehr ausgeprägt ist. Selbst Tiere, die regelmäßig feinstes Dosenfutter speisen, sind begeisterte Jäger. Dieser Jagdinstinkt gehört einfach zu einer Katze, und deshalb zeigen Verbote oder gar Bestrafung kaum Wirkung. Vielleicht können Sie den listenreichen Anschlägen Ihres Kätzchens eine Weile Widerstand bieten, indem Sie den Vogelkäfig sehr hoch hängen und den Hamster in einem besonders soliden Käfig unterbringen, aber das poten-

REVIERMARKIERUNG

Mit Hilfe der Duftdrüsen an Wangen und Schwanzwurzel markiert die Katze den Zaun.

tielle Beutetier bleibt für jede Katze eine ständige Versuchung.

Der Jagdinstinkt hat für den Menschen natürlich auch seine guten Seiten. Gerade in älteren Häusern, im Stall oder auf einem bäuerlichen Anwesen ist ein guter Mausefänger von unschätzbarem Wert. Sie brauchen einer Katze übrigens nicht die Futterration zu kürzen, damit sie auf Mausejagd geht, ein guternährtes Tier ist meist sogar viel erfolgreicher, weil es ruhiger und in besserem Allgemeinzustand ist.

Kleine Katzen lernen das Jagen, indem sie ihre Mutter beobachten, die vor ihren Jungen ein übertriebenes Jagdverhalten an den Tag legt. Zuerst sind die Jagdbewegungen noch zufällig und unkoordiniert, aber in Rauf- und Fangspielen werden sie geübt. Hauskatzen, deren Bedürfnisse ein Leben lang von einer »Elternfigur« gedeckt werden, zeigen dieses Jungtierverhalten auch als Erwachsene noch in gewisser Weise, besonders im Spiel. Selbst würdige ältere Katzen kann man dabei beobachten, wie sie sich an eine Spielzeugmaus anschleichen oder nach allen Regeln der Kunst einen Tischtennisball erlegen. Katzen, die zusammen gehalten werden, führen häufig Scheinkämpfe aus oder jagen sich wie Jungtiere. Anders als die meisten Hunde spielen Katzen auch gern, wenn sie allein sind. Sie sollten Ihrem Kätzchen also eigenes Spielzeug zugestehen, und dieses sollte auch erreichbar sein, sonst sind Sie vielleicht nicht ganz einverstanden mit dem, was ihre Katze sich selbst als Spielzeug ausgesucht hat. Was viele Katzenbesitzer an diesem Spielen und Jagen wohl am meisten stört, ist, daß Katzen geradezu sadistisches Vergnügen daran zu empfinden scheinen, ihre Beute zu quälen anstatt sie mit einem raschen Biß zu töten. Der Grund für dieses Verhalten ist jedoch ein ganz anderer. Da Katzen wegen ihrer kurzen Kopfform und der relativ kleinen Zähne sehr empfindlich für Gesichtsverletzungen (gerade von kleinen Nagetieren) sind, muß der tödliche Biß rasch und genau ausgeführt werden. Das scheinbare Spiel dient nur dazu, der Katze in einem sicheren Moment eine gute Gelegenheit zum Zubeißen zu geben, und hat mit Sadismus überhaupt nichts zu tun. Katzen sind nun einmal so, und Sie könnten Sie genauso gut für ihr Schnurren bestrafen wie für das »Quälen« eines verletzten Vogels.

KATZENSPRACHE

Katzen haben ein recht großes Vokabular an Lauten, und nach einer gewissen Trainingszeit (mit der Katze als Trainer, versteht sich!) sind die meisten Katzenbesitzer genauso gut in der Lage zu verstehen, was ihre Katze will, wie Eltern wissen, warum ihr Baby schreit. Da gibt es verschiedenstes Miauen, das heißt »Ich will rein« oder »Ich will raus«, »Ich will etwas zu Fressen«, »Nett, dich zu sehen«, »Erwartest du im Ernst, daß ich *so was* fresse?« usw. Manche Katzen fangen eine regelrechte Unterhaltung mit ihrem Menschen an und miauen, wenn man mit ihnen

▲ *Das Fauchen ist eine deutliche Aufforderung: »Verschwinde aus meinem Revier!«*

spricht. Nach zehn Minuten dieses Meinungsaustausches hat der Mensch meist das Gefühl, man habe über etwas wirklich Wichtiges diskutiert – worüber, das weiß allerdings nur die Katze. Kräftigere Laute werden bei sexuellen Begegnungen sowohl von Katern wie von Katzen gebraucht.

Jeder, der einmal versucht hat, in einer lauen Sommernacht in der Nähe eines Katzentreffpunkts Schlaf zu finden, weiß ganz genau, wie durchdringend dieses Geschrei ist. Laut geht es auch bei Katzenkämpfen zu, mit Zischen und Knurren wird der Gegner eingeschüchtert. Bei der Jagd allerdings ist kein Laut zu hören.

Schnurren ist etwas, das nur Katzentiere können, und bisher weiß niemand so ganz genau, wie sie das eigentlich

▲ *Selbst bei ganz kleinen Kätzchen wie diesen cremefarbenen Persern zeigt sich im Spiel schon ein Raubtierverhalten.*

◀ *Zwei Katzen beim Tauziehen. Die untere weist eindeutig die charakteristische Streifung der Mackerel Tabby auf.*

machen. Man geht davon aus, daß das Schnurren ein Zeichen für Wohlbehagen ist; meist ist das wohl auch der Fall, es kann jedoch auch das Fehlen feindlicher Absichten oder sogar Unterwerfung signalisieren. So schnurrt die überlegene Katze vielleicht, um der schwächeren zu zeigen, daß sie nichts Böses im Sinn hat, und diese wiederum, um klarzumachen, daß sie keine Herausforderung beabsichtigt.

Verletzte Katzen schnurren häufig beim Tierarzt. Vielleicht wissen sie, daß ihnen geholfen werden soll, wahrscheinlich jedoch hat das Tier einfach Angst und sagt: »Tu mir nicht weh!«

Sozialverhalten

Katzen leben nur bis zur Entwöhnung in engem Familienverband und bis zur Pubertät in losem Verband mit Mutter und Wurfgeschwistern. Danach entsprechen sie meist dem Image vom »einsamen Jäger«. In einem Haushalt mit

Katzenliebe

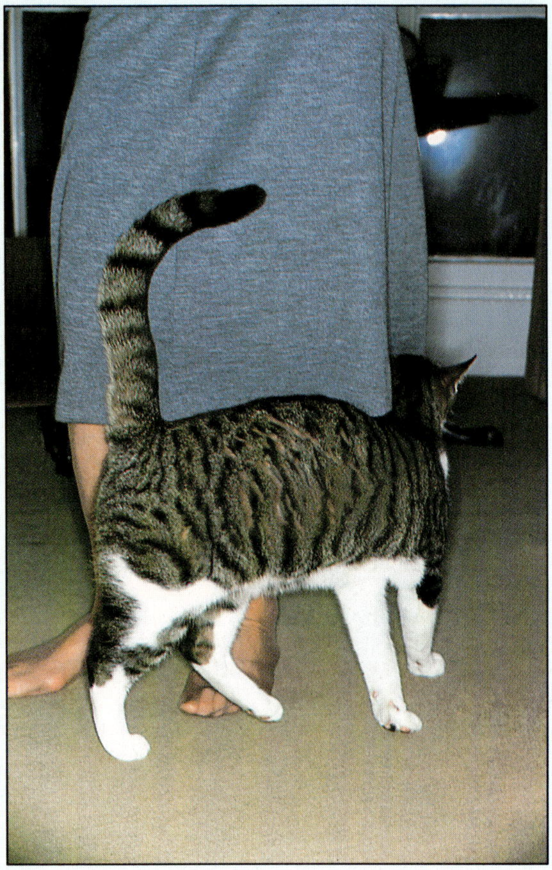

▲ *Eine Katze, die zärtlich um Ihre Beine streicht, zeigt Zuneigung, markiert aber gleichzeitig auch ihr Revier.*

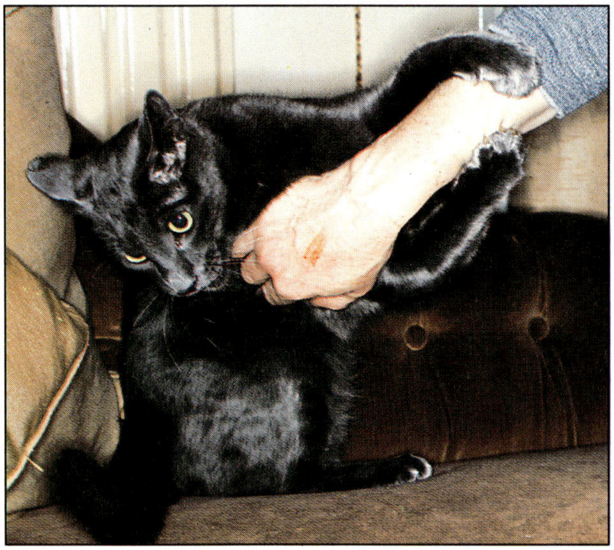

▲ *Das Sexualverhalten von Katzen ist recht stürmisch. Wenn eine eben noch samtpfotige Katze beim Spiel plötzlich die Krallen zeigt, hat sie nur vergessen, daß sie nicht mit ihresgleichen spielt.*

mehreren Katzen wird ein Verhältnis wie zu Wurfgeschwistern beibehalten. Wenn Sie mehrere Katzen haben wollen, gibt es keine Probleme, wenn die Kätzchen aus demselben Wurf stammen. Haben Sie bereits eine Katze und schaffen sich eine zweite an, müssen Sie eine Zeitlang mit Eifersüchteleien rechnen, bis ein Wurfgeschwisterverhalten durch Adoption zustande kommt.

Auch wenn Katzen am liebsten allein leben und jagen, sind sie doch nicht glücklich, wenn sie völlig von ihren Artgenossen isoliert sind. Hauskatzen, die ins Freie können, werden sicherlich allein auf die Jagd gehen, aber sonst schon einmal die Gesellschaft von Nachbarkatzen suchen. Dieser Kontakt ist so wichtig für das Tier, daß Sie in Erwägung ziehen sollten, zwei Katzen aus demselben Wurf anzuschaffen, wenn das Tier ausschließlich in der Wohnung gehalten werden muß.

In einer Gruppe von Katzen herrscht nicht die strenge Hierarchie wie bei Hunden. Es gibt vielleicht eine ranghöchste Katze, die bei der Wahl des Futters und des Schlafplatzes den Vorrang hat, und vielleicht gibt es auch ein oder zwei Tiere, die immer herumgeschubst werden, sonst fehlt jedoch eine festgelegte Rangordnung. Vielleicht enden deshalb auch so viele Katzenbegegnungen in erbitterten Kämpfen, da nicht von vornherein feststeht, wer wem aus dem Weg zu gehen hat.

Erziehung

Sicher stimmen die meisten Katzenbesitzer, die in guter Absicht versucht haben, ihre Katze zu erziehen, darin überein, daß das Ergebnis oft ganz anders ausfällt: Am Ende der Bemühungen hat die Katze einen wohlerzogenen Menschen. Sie erreicht das zum Teil dadurch, daß sie den Elterninstinkt ihrer Menschen weckt, denn viele Katzenlaute klingen fast wie das Weinen eines Babys, und dann folgt die allzu menschliche Reaktion »Ich tu ja alles, was du willst — um des lieben Friedens willen«. Anders als Hunde finden Katzen kein Vergnügen daran, ihrem Besitzer einen Gefallen zu tun, und akzeptieren einfach »Weil ich es so will« nicht als triftigen Grund, etwas zu tun oder zu unterlassen. Das heißt alles nicht, daß Ihre Katze Sie weniger liebt als Ihr Hund, aber sie zeigt das eher, indem Sie Ihnen eine angenagte Maus »schenkt« statt mit dümmlichem Grinsen durch einen Reifen zu springen.

Für die meisten Leute beschränkt sich die Katzenerziehung auf das Notwendigste: das Katzenklo und einen erlaubten Schlafplatz zu benutzen, die Krallen am Kratzbaum und nicht an den Stilmöbeln zu schärfen und ab und zu auch zu kommen, wenn sie gerufen wird. Wie bereits zuvor erwähnt, erzielt man die besseren Erfolge mit Überredung als mit Zwang. Der genehmigte Schlafplatz sollte also wesentlich attraktiver und gemütlicher sein als irgendein anderer, der Kratzbaum sehr viel einladender als das Sofa. Katzenerziehung besteht also weniger in »Nein, laß das!« als vielmehr in »Warum versuchst du es nicht einmal

▲ *Im Freien bedroht, stellt diese Langhaarkatze die Haare, um größer und gefährlicher zu erscheinen, als sie es in Wirklichkeit ist.*

Kampfspiele

Es mag zwar gefährlich aussehen, ist aber dennoch nur Spiel — auch wenn es sicher nicht ohne ein paar Bisse und Kratzer abgehen wird.

hiermit?«. Zum Herbeirufen einer Katze haben sich das Geräusch des Dosenöffners oder das Schütteln einer Schachtel Trockenfutter als bedeutend wirksamer erwiesen als noch so zärtliches Locken.

Natürlich kann man Katzen auch darüber hinaus etwas beibringen, sie sind genauso intelligent wie Hunde. Hunderte von Katzen werden jährlich erfolgreich für Werbung, Film und Fernsehen dressiert. Da ihnen jedoch die Eigenschaft fehlt, sich darüber zu freuen, daß sie jemandem eine Freude gemacht haben, braucht man mehr Geduld und Verständnis, bis eine Katze auf Befehle reagiert. Sehr viel Fingerspitzengefühl ist erforderlich, damit die Katze nicht frustriert ist und schmollt. Eine Katze zu bestrafen, sollte man nur im äußersten Notfall in Erwägung ziehen, zumal auch dann die Gefahr besteht, daß Sie genau das Gegenteil damit erreichen. Da eine Katze nicht Ihnen zuliebe etwas tut, wird sie auch Ihnen zuliebe nichts unterlassen. Sie bringt daher eine Bestrafung viel eher mit Ihrer Person als mit dem eigenen Verhalten in Zusammenhang, beginnt, Sie für diese Aktionen zu hassen, und wird vielleicht erst recht Verbotenes tun. Es ist viel sinnvoller, Ihrer Katze das, was Sie nicht wollen, einfach unmöglich zu machen, indem Sie z. B. Stanniolpapier oder Luftballons an einem Gegenstand anbringen, von dem Sie sie fernhalten wollen.

Verhaltensstörungen

Verhaltensstörungen bei Katzen äußern sich meist darin, daß normales Verhalten wie Reviermarkieren oder Krallenschärfen zur Unzeit gezeigt wird. Um eine Besserung herbeizuführen, muß man wissen, um welches Verhaltensmuster es sich handelt und unter welchen Umständen es normalerweise auftritt. Kleinere Probleme können meist gelöst werden, wenn man der Katze die Möglichkeit gibt, ihrem Drang zu folgen, allerdings am geeigneten Objekt, indem man ihr z. B. statt des Sofas einen Kratzbaum anbietet.

Schwere Verhaltensstörungen sind im allgemeinen eine Reaktion des Tieres auf eine Situation, mit der es nicht zurecht kommt. So beginnt eine ältere Katze vielleicht damit, zu spritzen, weil sie ihr Revier von einem jüngeren Eindringling bedroht sieht, oder ein bis dahin verträglicher Hausgenosse fängt an, die Möbel zu malträtieren, weil er das dauernde Eingesperrtsein nicht verkraften kann. Am besten rückt man dem Übel natürlich an der Wurzel zuleibe und beseitigt die Ursache, häufig ist das aber schlicht unmöglich. Ein bißchen Katzenpsychologie hilft jedoch meistens, die Dinge wieder ins Lot zu bringen oder doch wenigstens zu einem für beide Seiten akzeptablen Kompromiß zu kommen. Ihr Tierarzt gibt Ihnen sicherlich gern die nötigen Tips. Es gibt auch Psychologen, die sich auf die Behandlung von Verhaltensstörungen bei Haustieren spezialisiert haben. Sie finden fast immer eine Lösung des Problems.

Kapitel vier

Einschneidende Veränderungen im Katzenalltag

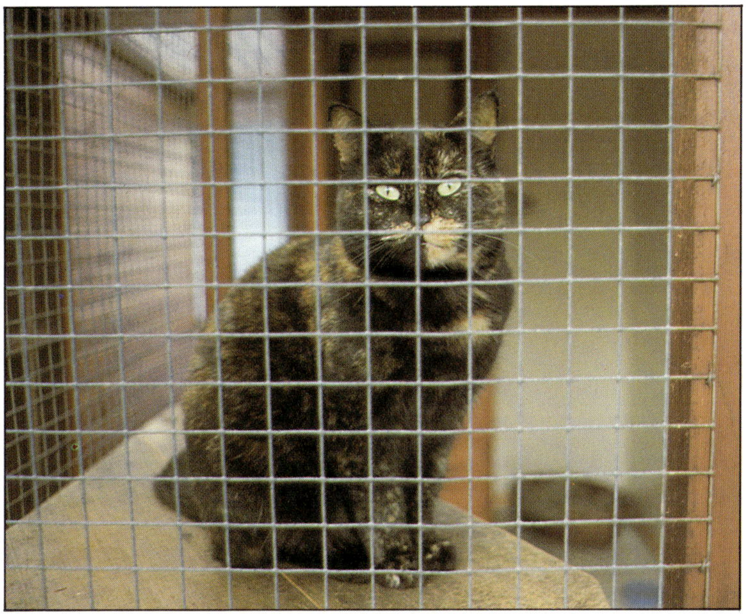

▲ *Gelassener Blick durch das Gitter einer Katzenpension.*

▲ *Eine gute Katzenpension mit sicherem Schlafplatz und individuellem Auslauf für jeden Gast.*

◀ *Wolltest du etwa diese Bücher gerade einpacken?*

Katzen sind Gewohnheitstiere, und die beste Möglichkeit, sie zu erziehen, besteht darin, sie zu den Gewohnheiten zu überreden, die Ihnen recht sind. Wenn der gewohnte Gang der Dinge unterbrochen wird, kommt es fast zwangsläufig zu Schwierigkeiten, und oft ist die Art der Schwierigkeit völlig unerwartet. Deshalb sollten Sie immer vorausdenken, wenn größere Änderungen im Familienalltag bevorstehen, und schon versuchen, sich vorzustellen, welche Wirkung dies auf Ihre Katze haben wird. Auf diese Weise können Sie vorausplanen und rechtzeitig notwendige Maßnahmen in die Wege leiten.

Urlaub

Wenn Sie Ihren Urlaub planen, denken Sie daran, daß auch Ihre Katze ein Familienmitglied ist, das in die Planung mit einbezogen werden muß. Wenn Ihnen erst beim Packen einfällt, daß Sie für Ihre Katze noch keine Ferien- oder doch wenigstens eine passable Notunterkunft organisiert haben, kann die Situation ganz schön unangenehm werden.

■ **Katzenpensionen.** Die Unterbringung in einer Katzenpension ist zweifellos die beste Lösung des Urlaubsproblems. Allerdings gibt es gute und schlechte Pensionen, Sie sollten also sorgfältig wählen. Eine Vorauswahl kann schon per Telefon getroffen werden: Wenn der Besitzer einer Pension Ihnen nicht zeigen will, wie die Tiere untergebracht werden, können Sie ihn getrost von der Liste streichen. Auch das Thema Impfungen ist ein Auswahlkriterium: In einer guten Pension wird man darauf bestehen, daß Ihre Katze einen wirksamen Impfschutz gegen Katzenseuche und ansteckenden Katzenschnupfen hat. Wird dieser Punkt erst auf Ihre Frage hin angesprochen, dann nimmt man es dort vielleicht nicht so genau damit, wenn Sie die Auskunft erhalten, daß ein Impfnachweis nicht erforderlich ist, versuchen Sie es bei der nächsten Adresse.

Ein oder zwei in Frage kommende Pensionen sollten Sie in Augenschein nehmen. Jede Katze sollte einzeln (mehrere Katzen aus einer Familie natürlich gemeinsam) auf genügend großem Raum untergebracht sein. Sind die Käfige nicht größer als im Krankenhaus, wird sich keine gesunde Katze länger als ein bis zwei Tage darin wohl fühlen. Gibt es einen Zwinger, sollte das Tier auf jeden Fall die Möglichkeit haben, sich jederzeit an einen sicheren Platz innerhalb des Hauses zurückzuziehen. Der Schlafplatz sollte etwas erhöht, eine Heizung vorhanden sein. Daneben sollten sauberes »Bettzeug«, sauberer Futter- und Wassernapf, ein Toilettenkistchen, ein Kratzbaum und vielleicht noch etwas Spielzeug zur Verfügung stehen. Allerdings wird Ihre Katze sich besser eingewöhnen, wenn Sie ihr ein paar »persönliche Habseligkeiten« wie das eigene Bett oder das Lieblingsspielzeug mitgeben.

Vielleicht können Sie ja auch eines Ihrer Kleidungsstücke eine Weile entbehren — es ist erstaunlich, wie sehr ein alter Wollpullover über das Gefühl der Verlassenheit hinwegtrösten kann.

Erkundigen Sie sich auch nach dem Futter: Manche Katzen haben starke Abneigungen gegen bestimmtes Dosenfutter. In jeder guten Katzenpension wird man sich darum bemühen, daß zu allen anderen Veränderungen nicht auch noch ungewohntes oder ungeliebtes Futter hinzukommt.

Schließlich müssen Sie sich noch um die tierärztliche Versorgung kümmern und feststellen, ob Bedingungen und Bezahlung für eine eventuell notwendige Behandlung angemessen sind. Die meisten Katzenpensionen haben ihren eigenen Arzt, wenn Ihre Katze jedoch ein chronisches Leiden hat und Ihr Arzt in erreichbarer Nähe praktiziert, können Sie auch darum bitten, daß im Notfall der Arzt Ihrer Wahl gerufen wird. Wenn Sie sich in dieser Hinsicht Sorgen machen, sollten Sie Ihren Tierarzt fragen, ob er vielleicht eine Katzenpension betreut, die er empfehlen kann.

Wenn Sie das passende Nobelhotel für Ihre Katze gefunden haben, sollten Sie noch einmal überprüfen, ob alle Impfungen auf dem neuesten Stand sind. Soll Ihre Katze noch gegen Katzenschnupfen geimpft werden, muß das mindestens sechs Wochen vor Ihrer Abreise geschehen. Jetzt brauchen Sie Ihre Katze nur noch mit allem Drum und Dran in der Pension abzuliefern; wenn Sie früh losfahren wollen, erledigen Sie das am besten schon am Vortag. Eine rasche Behandlung mit Flohspray empfiehlt sich, damit Sie beim »Einchecken« keine peinliche Überraschung erleben und für einen gewissen Schutz während des Aufenthaltes gesorgt ist. Es kann nicht schaden, die Behandlung beim Abholen zu wiederholen. Vermeiden Sie einen langen, tränenreichen Abschied — es ist ja nur für ein oder zwei Wochen — und machen Sie sich keine Gedanken darüber, wie sehr Ihre Katze unter der schmerzlichen Trennung leiden könnte. Bei der Rückkehr werden Sie vielleicht feststellen, daß sie weniger gefressen hat als sonst, aber das wird zu Hause schnell wieder aufgeholt. Viel gravierender ist da schon der schreckliche Verdacht, daß Ihre Katze sich im Urlaub wesentlich besser amüsiert hat als Sie selbst.

■ **Verreisen mit der Katze.** Die Durchführbarkeit eines solchen Vorhabens hängt zum Teil von der Art des Urlaubs ab, den Sie geplant haben, zum viel größeren Teil jedoch vom Charakter und Temperament Ihrer Katze. Tiere mit stärkerer Bindung an ihren Menschen als an ihr Revier verkraften solche Umstellung viel leichter. Sie sollten gar nicht erst in Erwägung ziehen, mit Ihrer Katze ins Ausland zu reisen. Die Einreisebestimmungen vieler Länder sehen meist eine Quarantäne (von bis zu sechs Monaten!) vor, sonst sind fast immer eine Tollwutimpfung und eine wenige Tage vor der Abreise ausgestellte amtstierärztliche Bescheinigung (oft in der Landessprache) erforderlich. Genaueres erfahren Sie beim Amtstierarzt oder beim zuständigen Konsulat.

Bei einem Urlaub im eigenen Land müssen Sie sich in erster Linie Gedanken über die Unterbringung machen. Busrundreisen oder Wanderferien lassen sich mit einer Katze wohl kaum durchführen, wenn Sie Ihre Ferien anders planen, ist das Tier jedoch durchaus zu integrieren. Erkundigen Sie sich rechtzeitig, ob in Ihrem Hotel das Mitbringen von Haustieren gestattet ist. Einfach so, mit der Katze unter dem Arm, dort zu erscheinen, ist keine besonders gute Idee. Viele Hotels haben jedoch keine Einwände, vorausgesetzt, die Tiere werden gut beaufsichtigt und stören weder Gäste noch Personal. Bei einer Katze bedeutet das im allgemeinen, daß sie im Zimmer bleiben muß. Dort ist sie am sichersten aufgehoben. Sie sollten sich aber überlegen, ob sie dort nicht vor lauter Langeweile auf dumme Gedanken kommt. Hotels, in denen Haustiere unerwünscht sind, haben meist schlechte Erfahrungen gemacht, und wenn Ihre Katze die Möbel zerkratzt, die Tapete zerfetzt und ein Pfützchen auf dem Teppich hinterläßt, wird der nächste, der mit seiner Katze dort Urlaub machen will, sicher eine sehr kurze Antwort bekommen. In Appartements und Ferienhäusern ist die Situation unproblematischer, hier muß man dann überlegen, ob das Tier ins Freie darf. Ist Ihre Katze durch nichts aus der Ruhe zu bringen und hat bereits in anderen Situationen bewiesen, daß man sich auf sie auch in fremder Umgebung verlassen kann, dann steht dem nichts entgegen; ist sie jedoch nervös, sollte sie nicht mit auf Reisen gehen, es sei denn, sie kann in der Wohnung gehalten werden.

Wenn Sie sich für Ferien mit der Katze entschieden haben, denken Sie daran, daß Sie auch für sie packen müssen. Zum Gepäck gehören Futter- und Wassernapf, ausreichend Futter für die ersten ein bis zwei Tage, das Schlafkörbchen oder ein geeigneter Ersatz, Katzentoilette, Schäufelchen und Einstreu. Selbst wenn die Katze normalerweise ihr Geschäft im Garten erledigt und auch in den Ferien ins Freie kann, sollten Sie das Toilettenkistchen mitnehmen, da sie vielleicht durch die fremde Umgebung irritiert ist. Für einen Hotelaufenthalt brauchen Sie außerdem noch einen Dosenöffner, einen Löffel oder eine Gabel und eine Decke, die den Bettüberwurf des Hotels schont, denn Sie werden Ihre Katze kaum davon abhalten können, auf dem Bett zu schlafen. Auch Plastiktüten, Zeitungspapier und Klebeband gehören ins Urlaubsgepäck, schließlich können Sie Katzenkot und Einstreu ja nicht einfach in den Papierkorb tun. Ein kleiner Handfeger und eine Kehrschaufel sind sehr nützlich, um Katzenstreu zu beseitigen.

Hinterlassen Sie bei der Abreise dem Zimmermädchen ein großzügiges Trinkgeld!

■ **Die Katze bleibt zu Hause.** Soll Ihre Katze im Urlaub zu Hause bleiben, sind Sie auf die Hilfe von Freunden

▲ *Zerbrechliche Ziergegenstände in offenen Regalen sind eine Herausforderung des Schicksals, wenn eine Katze im Haus ist.*

▲ *Sie sind sich gar nicht feind »wie Hund und Katz«. Die rote Tabby und der Terrier vertragen sich offensichtlich gut miteinander.*

oder Nachbarn angewiesen. Diese Lösung wird häufig als die beste betrachtet, da man Katzen als Reviertiere ansieht, denen es ziemlich gleichgültig ist, wer Ihnen die Futterdose aufmacht. Das trifft übrigens nicht auf alle Katzen zu, und so mancher Katzenbesitzer hat erst an den Reaktionen während seiner Abwesenheit gemerkt, wie sehr seine Katze an ihm hängt. Es ist sehr riskant, eine Katze während des Urlaubs einfach im Freien zu lassen, die Verantwortung für denjenigen, der sie mit Futter versorgt, ist in diesem Fall enorm. Das Tier sollte auf jeden Fall jederzeit Zugang zum Haus haben, aber selbst dann besteht die Gefahr, daß es sich auf die Suche nach Ihnen macht. Es ist besser, die Katze bleibt im Haus und wird auch dort gefüttert. Für den Katzensitter bedeutet dies, daß er auch die Toilettensäuberung übernehmen und sehr genau darauf achten muß, daß das Tier nicht doch entwischt. Praktischer ist es, wenn Sie es zu Bekannten geben können, denn eine Katze, die das Gefühl hat, bei jemandem zu leben, dem Sie vertrauen, kommt nicht so schnell auf die Idee, das Weite zu suchen, wie ein Tier, das in einem leeren Haus gefüttert wird. Hinterlassen Sie jedoch für alle Fälle Ihre Urlaubsadresse und die Telefonnummer des Tierarztes.

■ **Umzugsvorbereitungen.** Katzen sind ganz wild auf Schachteln, auf Kartons und Schränke. Bindfaden, zusammengeknülltes Zeitungspapier und Wäschestapel lieben sie über alles. Umzugsvorbereitungen sind daher ein richtiges Fest für die Katze und machen ihr sicher mehr Spaß als Ihnen. Am schönsten ist es jedoch, wenn der kleine Plagegeist es endlich geschafft hat, daß Sie die Beherrschung verlieren. Die einzige Möglichkeit, dem zu entgehen, besteht darin, das Packen in katzensicheren Räumen zu erledigen und genau zu kontrollieren, daß alle Kartons, Schränke etc. auch wirklich geschlossen sind, bevor die Katze wieder ins Zimmer darf. Achten Sie darauf, daß alles, was Ihrer Katze gehört (Bett, Freßnapf, Spielzeug), erst in der allerletzten Minute verpackt wird. So wird die Gefahr geringer, daß das Tier sich so sehr ärgert, daß es entweder spurlos verschwindet oder ein asoziales Verhalten an den Tag legt. Selbst sonst wohlerzogene Katzen können mit dem Spritzen beginnen, wenn sie das Gefühl haben, ihr Revier sei gefährdet, und diese unangenehme Angewohnheit auch später beibehalten.

■ **Der Umzugstag.** Wenn eine Katze großem Trubel und Durcheinander ausgesetzt ist, ist es für sie das Naheliegendste, sich so schnell und so gründlich wie nur möglich aus dem Staub zu machen. Ist es am Umzugstag schließlich Zeit, die Katze zu verpacken, sollten Sie ganz sicher sein, daß auch eine Katze zum Verpacken da ist. Sonst können Sie den Umzug erst einmal ein paar Stunden aufschieben und die ganze Nachbarschaft nach dem Ausreißer durchkämmen. Am besten schließen Sie das Tier mit Futter, Wasser und Toilette in einem Raum ein, und wenn dieses Zimmer ausgeräumt wird, bringen Sie es in ein bereits leeres. So können Sie den Moment hinauszögern, bis es endgültig ins Reisekörbchen muß. Die Katze gehört auf jeden Fall in die allerletzte Fuhre.

Im neuen Zuhause wenden Sie dasselbe Verfahren in umgekehrter Reihenfolge an. Sobald ein Raum einigermaßen eingerichtet und katzensicher gemacht ist, lassen Sie die Katze mitsamt Futter und Toilettenkistchen dorthin umziehen. Auf diese Weise kann das Tier die Wohnung kennenlernen, wenn sich die erste Hektik ein wenig gelegt hat. Wenn Sie Ihrer Katze den Umzugstrubel nicht zutrauen, sollten Sie sie vielleicht in einer Katzenpension unterbringen, bis das Schlimmste überstanden ist.

■ **Das neue Zuhause.** Wie bald Sie Ihrer Katze zutrauen können, sich frei im neuen Haus und im Garten zu bewegen, hängt ganz vom Charakter des Tieres ab. Manche gewöhnen sich problemlos dort ein, wo sich ihre Lieblingsmenschen niedergelassen haben. Ein nervöseres Tier muß man vielleicht schrittweise mit der neuen Umgebung vertraut machen. Wenn es Schwierigkeiten gibt, gehen Sie am besten genau so vor wie damals, als Sie das Tierchen zu sich nach Hause holten. Diesmal wird es mit dem Eingewöhnen sicher schneller gehen, da ihm die Möbel ja schon vertraut sind. Sorgen Sie aber sicherheitshalber dafür, daß in der Kapsel an seinem Halsband auch wirklich die neue Adresse steckt, bevor Sie es zum ersten Mal ins Freie lassen.

Sie haben sicher auch schon Geschichten von Katzen gehört, die einen Umzug einfach nicht verkraften und immer wieder zu der alten Wohnung zurückkehren. Das kommt aber äußerst selten vor, da nur wenige Tiere so extrem reviergebunden sind. Sie brauchen sich in dieser Hinsicht kaum Sorgen zu machen.

FAMILIENZUWACHS

Katzen können, was ihre Menschen und ihr Revier betrifft, erstaunlich eifersüchtig sein und sehr häßlich reagieren, wenn sie feststellen, daß sie das eine oder andere davon plötzlich mit einem Neuankömmling teilen müssen. Es ist nicht leicht, mit einer Katze mit verletzten Gefühlen zu leben: Ausgiebiges Schmollen ist dabei noch das geringste Übel, Katzen können in so einer Situation auch sehr asoziales Verhalten an den Tag legen und Urin spritzen oder sogar aggressiv werden.

Es ist also im Interesse aller, besonders schonend mit der Katze umzugehen, wenn ein neues Familienmitglied hinzukommt.

■ **Erwachsene.** Wenn Erwachsene hinzukommen, eine Familie z. B. die Großeltern bei sich aufnimmt, ist kaum mit größeren Problemen zu rechnen. Ernsthafte Schwierigkeiten gibt es eigentlich nur dann, wenn die Katze bisher der einzige Lebensgefährte eines Menschen war und plötzlich feststellt, daß sie dessen Gunst mit einem Dritten zu teilen hat. Am besten meistert man diese Situation, indem der Neuhinzugekommene sich ganz besondere Mühe gibt, mit der Katze Freundschaft zu schließen. Wenn Flitterwochen oder Umzug überstanden sind, kann man die Katze ruhig ein wenig verwöhnen, damit sie sich nicht plötzlich überflüssig vorkommt. Sie wird recht bald begreifen, welche Vorteile es hat, daß sich nun das Leben von zwei statt einem Menschen um sie dreht.

■ **Babys.** Katzen sind vielleicht eifersüchtig auf einen erwachsenen Eindringling, aber das ist alles gar nichts verglichen mit dem, was passiert, wenn etwas Menschliches, aber in Katzengröße und genauso verhätschelt wie eine Katze, auf der Bildfläche erscheint. Von heut auf morgen haben die Menschen sehr viel weniger Zeit für die Katze, und die ganze Aufmerksamkeit erhält das Baby. Versuchen Sie, die Gefühle Ihrer Katze zu verstehen, und — wie müde Sie auch sein mögen — beschäftigen Sie sich mit ihr, und verwöhnen Sie sie ruhig ein bißchen. Machen Sie das Tier vorsichtig mit dem Baby bekannt, um seine Neugier zu befriedigen, aber lassen Sie es niemals mit dem Säugling allein. Es kommt praktisch nie vor, daß eine Katze ein Baby angreift, aber es besteht die Gefahr, daß sie das Kinderbettchen mit dem warmen Menschlein sehr gemütlich findet und sich hineinlegt. Sie wird sich dabei kaum auf das Gesicht des Kindes legen, aber wenn es ein schweres Tier ist, kann sein Gewicht dem kleinen Brustkorb das Atmen unmöglich machen. Wenn Sie keine Möglichkeit haben, den Säugling so unterzubringen, daß die Katze nicht in seine Nähe kann, sollten Sie ein Netz so über Wiege oder Bettchen spannen, daß sie sich nicht mit dem vollen Gewicht auf die Bettdecke legen kann. Wenn das Kind ein wenig größer ist, ist dieses Problem aus der Welt, dafür gibt es dann andere im Zusammenleben von Kleinkind und Katze. Allerdings gewöhnen sich Katzen mit der Zeit an Kinder, und man kommt irgendwann zu einem gegenseitigen Nichtangriffspakt. Natürlich muß man auch Kindern beibringen, richtig mit Haustieren umzugehen.

■ **Andere Haustiere.** Wenn Sie sich kleinere Haustiere, z. B. Nagetiere, Vögel oder Fische, anschaffen, besteht das Hauptproblem einfach darin, sie so sicher unterzubringen, daß sie nicht Gefahr laufen, irgendwann einmal von der Katze gefrühstückt zu werden.

Manche Katzen betrachten ein Aquarium oder einen Kleintierkäfig als eine Art Katzenfernsehen und können stundenlang fasziniert davorsitzen. Sorgen Sie also für einen sehr stabilen Käfig und ein standfestes (abgedecktes) Aquarium — und rechnen Sie trotzdem immer mit dem Erfindungsreichtum Ihrer Katze! Die Frage der friedlichen Koexistenz erhebt sich eigentlich erst, wenn ein Hund

▶ *Auch Katzen, die nicht miteinander verwandt sind, können unzertrennlich werden.*

▲ *Die beiden Labradors und die Kartäuserkatze scheinen sich verschworen zu haben, das beste Sofa im Haus gegen jeden Menschen zu verteidigen.*

oder eine andere Katze in die Familie kommen. Wieviel Ärger es dann gibt, hängt weitgehend vom Charakter Ihrer Katze ab. Manche akzeptieren den Neuankömmling recht schnell und freunden sich mit ihm an, andere grollen mit erstaunlicher Ausdauer. Eine Katze oder ein junges Kätzchen werden dabei schwerer akzeptiert als ein Hund. Der alteingesessenen Katze fällt es häufig nicht besonders schwer, einem jungen Hundchen klarzumachen, wer im Haus das Sagen hat. Selbst ein erwachsener Hund wird, wenn er sich nicht gerade auf die Katzenjagd spezialisiert hat, meist bald toleriert — allerdings müssen Sie ein wachsames Auge auf den Futternapf haben. Wenn Ihre Katze nicht die Angewohnheit hat, ihr Fressen sofort hinunterzuschlingen, wenn es ihr vorgesetzt wird, kann sie schon einmal leer ausgehen — junge Hunde finden Katzenfutter nämlich ausgesprochen delikat. Die extremste Reaktion einer Katze auf einen Eindringling (meist ein kleines Kätzchen) besteht darin, das Haus zu verlassen. Wenn Sie sich also ein zweites Kätzchen anschaffen wollen, müssen Sie auf derartige Probleme und auf eine lange Eingewöhnungszeit gefaßt sein. Am besten halten Sie die Tiere eine Weile im Haus, bis erste freundschaftliche Bande entstanden sind, und achten darauf, daß Meinungsverschiedenheiten nicht in offenen Krieg ausarten. Kümmern Sie sich in dieser Zeit besonders liebevoll um die erste Katze, und verwöhnen Sie sie ruhig ein bißchen. Werden in dieser Situation Fehler gemacht, besteht die Gefahr, daß aus einem bis dahin friedlichen Zeitgenossen ein verwahrloster Streuner wird, der nur einmal in der Woche vorbeikommt, um sich etwas zu fressen zu holen. Aber auch die nachtragendsten Katzen gewöhnen sich irgendwann an die neuen Gegebenheiten: Wann es soweit ist, merken Sie, wenn beide Katzen gemeinsam irgendwelche Dummheiten aushecken.

Notsituationen

Auch wenn Katastrophen über die Familie hereinbrechen, sollten Sie nicht vergessen, daß eine Katze nicht begreifen kann, daß ein Unfall geschehen oder jemand plötzlich schwer erkrankt ist. Irgend jemand muß sie wenigstens füttern. Ein Nachbar oder Bekannter sollte für einen solchen Notfall einen Schlüssel zu Ihrer Wohnung haben. Ist abzusehen, daß Sie längere Zeit nicht die Möglichkeit haben werden, sich um das Tier zu kümmern, sollten Sie es in einer Katzenpension unterbringen. Alleinstehende Tierbesitzer sollten für einen Unfall vorgesorgt haben. Auf einem Zettel, den Sie ständig bei sich tragen, sollte vermerkt sein, daß Sie ein Haustier haben, und wer bei einem Unfall deswegen benachrichtigt werden muß.

Kapitel fünf

Katzenzucht

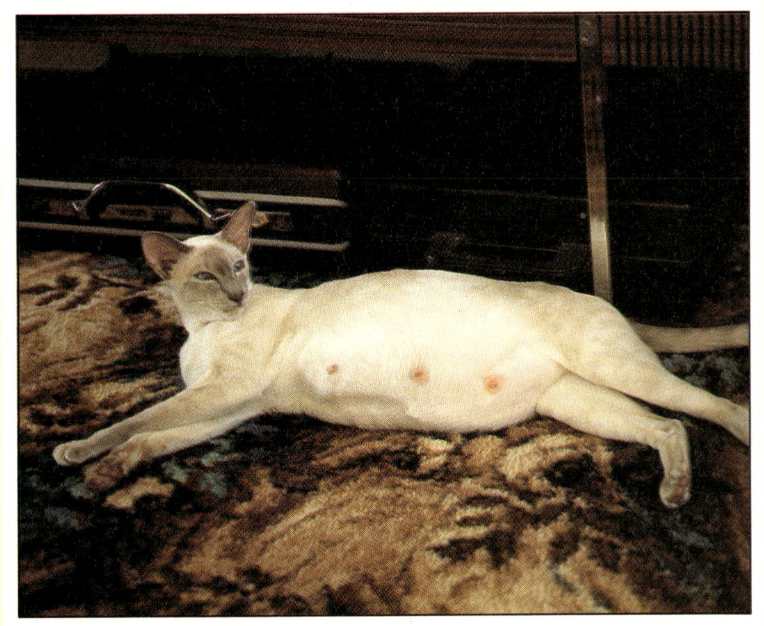

▲ *Diese hochträchtige Katze strahlt Zuversicht und Zufriedenheit aus.*

ZÜCHTEN ODER NICHT ZÜCHTEN?

Katzen machen einem viel Freude, und vor allem junge Kätzchen sind allerliebst anzusehen. Jedoch sollte man bedenken, daß es gegenwärtig sehr viele Katzen gibt, die kein Zuhause haben, wie man Ihnen in jedem Tierheim bestätigen wird. Bevor Sie sich für die Zucht entscheiden, sollten Sie sich unbedingt vergewissern, daß Sie für die Jungen liebevolle Abnehmer finden werden, die ihnen langfristig ein gutes Zuhause bieten. Wenn Sie sich dessen nicht sicher sind (vergessen Sie nicht, daß selbst Freunde manchmal ihre Meinung ändern und ein Kätzchen zurückgeben oder aussetzen, sobald Probleme auftauchen) und können Sie die Jungen selbst nicht behalten, sollten Sie Ihre Katze besser kastrieren lassen. Haben Sie sich zum Züchten entschlossen, dann ist zu beachten, daß die Katze zum Paarungszeitpunkt mindestens ein Jahr alt sein sollte, damit ihr Wachstumsprozeß abgeschlossen ist. Gesundheitliche Gründe sprechen auch dafür, sie nur einmal pro Jahr trächtig werden zu lassen.

WAHL EINES DECKKATERS

Bei Katzen gibt es keine Vaterschaftsrechte. Wenn es sich um Edelkatzen handelt und der Stammbaum der Jungen gesichert sein soll, benötigen Sie für Ihr fortpflanzungsfähiges Katzenweibchen einen passenden Deckkater. Bei Hauskatzen wird selten eine Paarung arrangiert. Wenn die Katze rollig ist, läßt man einfach die Haustür auf, alles Weitere kann man ihr und dem(n) Kater(n) aus der Nachbarschaft überlassen. Auf diese Weise sind schon viele hübsche Kätzchen entstanden, und durch die Ungewißheit ist es vielleicht sogar noch spannender zu beobachten, wie sich die Jungen entwickeln. Alles hängt davon ab, ob es zumindest einen nicht kastrierten Kater in der Nachbarschaft gibt. Dies ist fast immer der Fall, obwohl es viele Kampagnen für eine Kastrierung gab und auch der gesunde Menschenverstand dafür spricht. So werden nur wenige Katzen, die während der Paarungszeit ins Freie entwischen, nicht trächtig. Für Ihre Edelkatze werden Sie natürlich selbst einen geeigneten Deckkater der entsprechenden Rasse aussuchen wollen. Normalerweise wählt man einen, dessen Stärken den »Schwachstellen« Ihrer Katze entgegenwirken. Wenn Sie sich noch nicht auskennen, lassen Sie sich von einem erfahrenen Züchter beraten. Partner eines nahen Verwandtschaftsgrades sollten nicht ausgewählt werden, es sei denn, man verfolgt ein bestimmtes Zuchtziel. Ihre Katze wird mehrere Tage mit dem Deckkater zusammen sein. Denken Sie daran, daß sie gegen Katzenseuche (auch Panleukopenie oder Feline infektiöse Enteritis genannt) und Katzenschnupfen geimpft sein muß; oft wird vom Züchter auch eine Bescheinigung über Leukoseunverdächtigkeit verlangt. Mit Hilfe eines Bluttests kann Ihr Tierarzt den entsprechenden Nachweis erbringen.

PAARUNG

Will man eine Paarung arrangieren, so bringt man die Katze bei den ersten Anzeichen der Rolligkeit (Östrus) zum Deckkater, wo sie bleibt, bis diese wieder abgeklungen ist. Manche Katzen brauchen jedoch die Anwesenheit eines Katers, um überhaupt in Paarungsstimmung zu kommen. In diesem Fall ist es vielleicht notwendig, die Katze zum Deckkater zu bringen und abzuwarten, bis sie rollig wird. Dies erfordert sehr viel Einfühlungsvermögen, denn ein Kater verhält sich gegenüber einer fremden Katze, die nicht in Paarungsstimmung ist, möglicherweise aggressiv. Vergewissern Sie sich, daß der Besitzer des Deckkaters ein fähiger und erfahrener Züchter ist, bevor Sie ihm Ihre Katze anvertrauen. Der Paarungsakt geht bei Katzen recht gewaltsam vonstatten und ist mit Schreien, Fauchen, heftigen Schwanzbewegungen u. ä. verbunden. Der Kater steigt

PAARUNG

Bei der Paarung von Edelkatzen wird das Katzenweibchen normalerweise zum Deckkater gebracht. Hier sieht man, wie der Kater das Weibchen fest am Nackenfell packt. Beim Paarungsakt kann eine Katze so erregt sein, daß sie unvermittelt beißt (kratzt) und so unverdienterweise für heimtückisch und bösartig gehalten wird.

Geburt

Allgemeine Unruhe und starke Bewegungen der Flanken zeigen den Beginn der Wehen an. Die Katze sollte nun in dem Raum bleiben, in dem sich die Wurfkiste befindet (**1**). Nach einigen Wehen wird das erste Junge herausgepreßt. Sobald es geboren ist, befreit die Mutter es von der Fruchthülle und trennt die Nabelschnur ab (**2**). Meist werden die Kätzchen in regelmäßigen Abständen geboren (**3**); bei jedem regt die Mutter durch heftiges Lecken die Atmung an (**4**). Nach jedem Jungen wird eine Plazenta (Nachgeburt) ausgestoßen. Wenn man diese nicht entfernt, frißt die Katze sie auf (**5**). Man muß sich unbedingt vergewissern, daß für jedes Junge eine Nachgeburt ausgestoßen wurde. Möglicherweise fangen die Kätzchen an zu trinken, noch bevor das letzte geboren ist (**6**). Wenn der Wurf vollzählig ist, werden die Jungen von der Mutter gesäugt und gleichzeitig noch einmal gründlich gesäubert (**7**). Die meisten Würfe bestehen aus etwa vier Jungen.

1

2

3

4

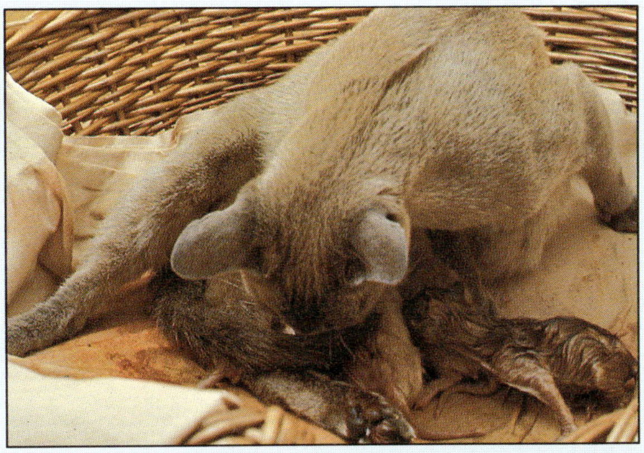

5

6

7

über die Katze und hält sich fest, indem er sie am Nackenhaar packt. Es ist keine Seltenheit, daß die Katze dabei große Fellfetzen von ihrer Halskrause verliert. Andererseits soll bei besonders leidenschaftlichen Katzen auch schon mal der Kater Haare gelassen haben. Katzen sind ihrem Partner nicht treu. Wenn sich die Gelegenheit bietet, ist es daher möglich oder eher wahrscheinlich, daß sich die Katze während einer Östrusphase mit zwei, drei oder mehr Katern paart.

Aus diesem Grund können Junge desselben Wurfs verschiedene Väter haben, ein Phänomen, das die bunte Mischung mancher Hauskatzenwürfe erklärt. Besteht bei einem einzigen Jungen eines Edelkatzenwurfs auch nur der leiseste Zweifel an der Vaterschaft, so ist anzunehmen, daß der Besitzer des Deckkaters für den gesamten Wurf eine Registrierung im Zuchtbuch ablehnt. Dies ist der Hauptgrund dafür, daß die Katze bis zum Ende der Rolligkeit mit dem gewählten Deckkater zusammenbleiben sollte. Hinzu kommt, daß sich mit mehrfacher Paarung die Wahrscheinlichkeit eines größeren Wurfs erhöht.

Trächtigkeit

Die Trächtigkeit dauert bei Katzen etwa 9 Wochen. Während der ersten drei Wochen sind in der Regel keine Veränderungen festzustellen; bei einigen Katzen tritt jedoch zeitweise ein leichtes Unwohlsein auf. Nach ungefähr drei Wochen erkennen Sie möglicherweise, daß sich die Rosafärbung der Zitzen verstärkt, vor allem, wenn es sich um den ersten Wurf der Katze handelt. Nach etwa fünf Wochen kann der Tierarzt die Jungen ertasten, und während des letzten Drittels der Tragzeit nimmt der Leibesumfang der Katze deutlich zu. In den letzten Wochen ist sie oft unruhig und sucht überall im Haus nach einem geeigneten Wurflager.

Der wichtigste Punkt bei der Pflege der trächtigen Katze ist die Ernährung. Während der ersten fünf oder sechs Wochen braucht sie eine normale, proteinreiche und ausgewogene Nahrung; während des letzten Drittels der Trächtigkeit, wenn die Jungen rasch wachsen, zeigt sie größeren Appetit. Je nachdem, wie groß ihr Hunger ist, kann man die Futterration um die Hälfte heraufsetzen. In diesem Stadium sind auch Calciumtabletten und Lebertran als Vitaminspender empfehlenswert. Ungefähr fünf Wochen nach der Paarung sollte die trächtige Katze entwurmt werden, um die Gefahr eines Spulwurmbefalls für die Jungen zu vermindern. Wenn die Katze vor der Paarung keine Wiederholungsimpfung bekommen hat, erhält sie diese während der Tragzeit (Ihr Tierarzt wird in diesem Stadium nur Totimpfstoff verwenden), wodurch auch der Schutz für die Jungen erhöht wird. Im übrigen sollten Sie beim Umgang mit Ihrer Katze darauf achten, nicht zu

◀ *Diese Lilac-Point Siamkatze liegt seelenruhig da und säugt ihre Jungen, aber nach dem Funkeln ihrer Augen zu urteilen, sollte man ihr lieber nicht näher kommen.*

▲ *Mit diesen herangewachsenen Kätzchen wird ihre Mutter kaum noch fertig, bald werden sie sich auf feste Nahrung umstellen müssen.*

starken Druck auf Ihren Leib auszuüben und ihr ganz nach Wunsch Auslauf zu ermöglichen, damit ihre Muskeln gut in Form bleiben.

Geburt der Jungen

Wenn Sie bemerken, daß die Katze mit der Suche nach einem Nest für ihre Jungen beginnt, sollten Sie ihr eine Wurfkiste vorbereiten und sie damit vertraut machen.

Es gibt Wurfkisten zu kaufen, die man gegen Eindringlinge sichern kann. Dieser Typ bietet sich an, wenn andere Katzen im Haushalt sind, die die Familie stören könnten. Wenn es jedoch nur eine Katze gibt, stellt ein großer Pappkarton eine sehr gute Alternative dar. Zum Auslegen ist Zeitungspapier Tüchern vorzuziehen, denn es kann leicht erneuert werden, und die Jungen verfangen sich nicht so leicht darin. Den Deckel sollte man so anbringen, daß man die Katze beobachten und die weitere Entwicklung verfolgen kann.

Etwa einen Tag vor der Geburt werden Sie entdecken, daß die Zitzen der Katze Milch haben. Steht die Geburt nah bevor, wird die Katze immer unruhiger, sucht oft das Katzenklo auf und scharrt in der Wurfkiste. Zu Beginn der Geburt hört man Keuchen, lautes Schnurren oder kurzes Schreien, dem dann starke Wehen folgen. Das erste Kätzchen wird gewöhnlich innerhalb einer halben Stunde geboren, die übrigen Jungen folgen in den nächsten drei bis vier Stunden. Jedoch kann es nach dem ersten oder nach den ersten beiden eine längere Pause geben. Jedes Tier befindet sich in einer mit Fruchtwasser gefüllten Fruchthülle, die normalerweise während oder direkt nach der Geburt platzt. Durch heftiges Lecken regt die Mutter die Atmung des Jungen an und trennt dann die Nabelschnur ab. Wenige Minuten nach der Geburt eines jeden Kätzchens wird eine Plazenta (Nachgeburt) ausgestoßen. Vielleicht bemerken Sie dies nicht, da die Katze instinktiv Fruchthaut und Plazenta frißt. Wenn der Wurf vollzählig ist, werden die Kleinen gesäugt, und anschließend fällt oft die ganze Familie in wohlverdienten Schlaf.

Die meisten Katzen kommen bei der Geburt sehr gut allein zurecht. Sie sollten Ihren Arzt aber von der bevorstehenden Geburt in Kenntnis setzen, damit er nicht von einem Notfall überrascht wird. Wenn es Ihnen noch an Erfahrungen mangelt, sprechen Sie mit ihm über mögliche Gefahrenanzeichen. Manche Katzen ziehen sich für die Geburt zurück, andere mögen es, daß man dabei »ihre Pfote hält«. Lassen Sie sich von Ihrem Gefühl leiten. Sie sollten jedoch darauf achten, daß die Fruchthülle jedes einzelnen Kätzchens direkt nach seiner Geburt platzt, da es sonst ertrinken könnte. Öffnen Sie sie notfalls selbst und rubbeln Sie das Junge mit einem Handtuch trocken, wenn die Mutter nicht dazu in der Lage ist. Vergewissern Sie sich auch, daß für jedes Junge eine Plazenta ausgestoßen wurde, denn eine zurückgebliebene Nachgeburt kann zu einer schweren Erkrankung der Mutter führen.

Natürliche Aufzucht

Bei neugeborenen Kätzchen muß die Mutter mit der Zunge After- und Genitalbereich massieren, damit sie urinieren und Kot absetzen können. Bis die Jungen alt genug sind, um das Katzenklo zu benutzen, leckt die Mutter deren Ausscheidungen auf. Werden Junge mit der Flasche aufgezogen, muß man ihre Ausscheidungsorgane mit angefeuchteter Watte massieren.

Säugen der Jungen

Der Nahrungsbedarf der säugenden Katze erhöht sich, manchmal bis zum Vierfachen der normalen Ration. Sie sollte soviel Futter erhalten, wie sie mag. In den ersten Tagen ist die Katzenmutter ständig mit den Jungen zusammen. Daher sollten Futternapf und Katzenklo in der Nähe der Wurfkiste stehen. Während der ersten zwei bis drei Wochen muß der Raum, in dem sich die Jungen befinden, gut beheizt und gleichbleibend warm sein; anderenfalls sollte der Nestplatz mit einer zusätzlichen Wärmequelle ausgerüstet werden, da junge Katzen sehr leicht an Unterkühlung leiden.

Die Jungen sind völlig abhängig von der Mutter, deren Milch ihre einzige Nahrung ist. Mit ihrer Zunge massiert die Mutter den Bauch der Jungen und regt so deren Verdauung an, alle ihre Ausscheidungen leckt sie auf. Nach ungefähr drei Wochen öffnen sich die Augen der Jungen; sie beginnen, ein Interesse an ihrer Umwelt zu zeigen und probieren zum ersten Mal vom Futternapf der Mutter. Von nun an wird diese sie dazu ermuntern, das Katzenklo zu benutzen. Achten Sie darauf, daß die Seiten niedrig genug sind und daß das Kistchen so aufgestellt ist, daß die Kleinen selbständig hinein und heraus können. Wenn in diesem Stadium ein leicht zugängliches Katzenklo vorhanden ist, erübrigt sich später jegliche Hygieneerziehung durch den Menschen.

Flaschenaufzucht

Katzenjunge mit der Flasche aufzuziehen ist nicht so einfach. Man sollte meinen, diese Tiere seien später besonders freundlich. Das trifft jedoch nicht zu. Ohne die Erziehung durch einen Artgenossen wie ihre Mutter werden diese Jungen oft zu kränklichen, unausgeglichenen, manchmal bösartigen Geschöpfen. Es ist daher in jedem Fall besser, für ein Junges, das von der Mutter abgelehnt wurde oder das seine Mutter verloren hat, eine Amme zu suchen. Besteht diese Möglichkeit nicht, so kann man es natürlich auch mit der Flasche aufziehen. Katzenmilchersatz und geeignete Fläschchen sind im Zoofachhandel erhältlich. Die Milch sollte man auf 37° C erhitzen und alle zwei bis drei Stunden (auch nachts) sehr kleine Mengen verfüttern (5—10 ml). Mit dem Heranwachsen der Jungen kann man die Milchration erhöhen und die Zeitintervalle verlängern; nach drei Wochen muß nachts nicht mehr gefüttert werden. Waisenkätzchen müssen unbedingt warmgehalten werden. Ein Heizkissen oder eine Infrarotlampe können als Wärmequelle dienen. Man muß die Kätzchen regelmäßig säubern und nach jeder Mahlzeit den Bauch und die Ausscheidungsorgane mit leicht angefeuchteter Watte massieren, damit Kot und Urin abgehen. Nach sechs bis acht Wochen können diese Jungen ebenso wie ihre natürlich aufgezogenen Artgenossen entwöhnt werden.

Entwöhnung und Abgabe der Jungen

Sobald die Jungen die Augen öffnen und putzig anzusehen sind, sollten Sie damit anfangen, sich im Freundes- und Bekanntenkreis nach Abnehmern umzuschauen. Ihre Schützlinge sollten aber mindestens acht Wochen alt sein, wenn sie in ihre neue Familie überwechseln.

Mit etwa drei Wochen fangen die Jungen an, Interesse für feste Nahrung zu zeigen. Sie können ihnen nun kleine Mengen von Katzenersatzmilch oder Babynahrung zubereiten. Innerhalb der folgenden drei Wochen wird ihr Bedarf ansteigen, da die Mutterkatze das Säugen allmählich verringert. Mit etwa sechs Wochen können die Jungen Katzennahrung aus der Dose zu sich nehmen, am besten ist eine spezielle Kost für junge Katzen. Im Alter von acht Wochen fressen die Jungen etwa soviel, daß sie von der Mutter völlig unabhängig sind. Sie sollten nun möglichst bald in ihre neue Familie integriert werden, denn wenn die Säugungsphase zu lange dauert, wird der Katze zu viel Flüssigkeit entzogen. Frisch entwöhnte Junge erhalten in den ersten Monaten vier Mahlzeiten pro Tag. Diese Zahl wird allmählich reduziert, bis sich mit etwa sechs Monaten der Zeitplan wie bei einer erwachsenen Katze eingespielt hat.

▶ *Solch ein Korb voller Kätzchen ist einfach unwiderstehlich; man muß jedoch für jedes heranwachsende Junge zuverlässige und liebevolle Pflegeeltern finden.*

KAPITEL SECHS

Die kranke oder verletzte Katze

▲ *Der Tierarzt untersucht das Ohr der Katze mit Hilfe eines Ohrenspiegels.*

Krankheitsanzeichen

Wenn die Katze krank ist, sollte man nicht versuchen, selbst die Diagnose zu stellen, denn dadurch hilft man ihr meist nicht, sondern bewirkt eher das Gegenteil. Sie sorgen sich unnötig und malen sich schwere Krankheiten aus, die mit der tatsächlichen Erkrankung nichts zu tun haben; andererseits besteht die Gefahr, daß Sie sich in Sicherheit wiegen, eine schwere Krankheit für harmlos halten und es versäumen, der Katze rechtzeitig zu helfen. Viel wichtiger ist es, feststellen zu können, wann der Katze wirklich etwas fehlt, und gleich den Tierarzt aufzusuchen.

Verabreichen Sie Ihrem Tier *unter gar keinen Umständen* für den Menschen bestimmte Schmerzmittel, denn diese, darunter vor allem Aspirin und Paracetamol, sind für Katzen giftig.

■ **Körperliche Veränderungen.** Darunter fallen: Schwellungen, Schnitte, tränende Augen, Schorf, Gewichtsverlust, Anzeichen von Schmerz sowie jegliche Veränderung, die Ihnen am Körper der Katze auffällt. Die tägliche Pflege kann dabei recht hilfreich sein. Zum einen werden Sie mit dem Körper der Katze vertraut und können beurteilen, wie sie im normalen Zustand aussieht. Nicht selten bemerkt ein Besitzer, der seine Katze nicht genau kennt, plötzlich irgend etwas Harmloses, was er vorher nie gesehen hat, z. B. die kaum behaarte Stelle über den Augen, und eilt in Panikstimmung zum Tierarzt. Das ist dann nicht nur peinlich, sondern auch kostspielig. Zum anderen erkennen Sie durch die regelmäßige gründliche Untersuchung Ihrer Katze eventuelle Veränderungen, sobald sie sich abzeichnen, und können so in einem frühen Stadium helfen. Wenn Sie eine ungewöhnliche Veränderung genau lokalisieren und über Entstehung und Verlauf informieren können, hat der Tierarzt es sehr viel leichter bei seiner Diagnose.

■ **Veränderungen im Verhalten.** Diese Veränderungen sind nicht so leicht zu definieren wie physische Symptome. Es geht darum, was Sie bei Ihrer Katze als ungewöhnliches Verhalten einschätzen. Mögliche Anzeichen sind Futterverweigerung, übermäßiger Durst, nachlassender Spieldrang, häufiges Aufsuchen des Katzenklos oder Verhaltensweisen, die auf ein Unwohlsein in irgendeinem Körperbereich hindeuten. Natürlich ändert die Katze ihr Verhalten im Laufe der Zeit und durch den normalen Alterungsprozeß, doch geschieht dies sehr langsam. Jegliche plötzliche Veränderung ist ein Grund zur Besorgnis. Wenn Sie den Tierarzt hauptsächlich wegen einer Verhaltensänderung zu Rate ziehen möchten, sollten Sie genau beschreiben können, was Sie beobachtet haben. Denn möglicherweise kann die medizinische Untersuchung keinen genauen Befund erbringen, und die Diagnose des Arztes muß sich hauptsächlich auf Ihre Schilderung stützen. Selbst um zu entscheiden, ob Labor- oder Röntgenuntersuchungen erforderlich sind, muß man eine gewisse Vorstellung von der Krankheitsursache haben, was wiederum nur mit Hilfe Ihrer Beobachtungen möglich ist. Es kommt manchmal vor, daß ein besonders aufmerksamer Besitzer bei seinem Tier in einem sehr frühen Stadium einer schweren Krankheit Verhaltensänderungen bemerkt, der Tierarzt aber noch nichts feststellen kann, weil die Krankheit noch keine erkennbaren physischen Symptome hervorgerufen hat. In dem Fall kann die Katze noch nicht oder nur lindernd behandelt werden. Wenn die Symptome jedoch bestehenbleiben oder sich verstärken, sollten Sie wieder den Arzt aufsuchen, denn möglicherweise kann zu diesem Zeitpunkt eine eindeutige Diagnose gestellt werden.

Die Haut

Hauterkrankungen sind leicht festzustellen. Manchen Tierhalter stößt der Gedanke an eine Hautkrankheit regelrecht ab, aber bei Hautproblemen handelt es sich selten um sehr schwere oder lebensbedrohliche Gesundheitsstörungen; in der Regel können sie mit Erfolg behandelt werden. Krankheitsanzeichen sind haarlose Stellen, dünnes Fell, abgebrochene Haare, Krusten, Schorf, Rötung und dunkle Verfärbung der Haut. Manchmal fehlt das symptomatische Verhalten; d. h. die Katze kratzt sich nicht und zieht nicht am Fell.

Flohbefall ist die häufigste Ursache für Hautkrankheiten bei Katzen. Manche Katzen reagieren schon auf einige wenige Flohbisse stark allergisch, andere strotzen nur so vor Parasiten und zeigen kaum eine Reaktion. Die meisten Tiere, bei denen der Arzt beschönigend »hormonelle Störungen« diagnostiziert hat, genesen wie durch ein Wunder, nachdem man sie gründlich gegen Flohbefall behandelt hat. Zu solchen Maßnahmen sollte man als erstes greifen, wenn eine Katze, die sonst gesund ist, plötzlich an juckenden, schorfigen Hautreizungen leidet. Flöhe verbringen 90% ihrer Lebenszeit nicht auf der Katze, sondern in deren Lager, und springen nur zu den Mahlzeiten auf das Tier. Daher muß man die Vernichtung der Flöhe von zwei Seiten angehen, wobei der Behandlung der Umgebung der Katze die größere Bedeutung zukommt. Insektizide (meist Chlorkohlenwasserstoffe oder Organophosphate) sind erhältlich als Spray, das man alle zwei bis drei Monate verwendet, oder als Puder, der die Vermehrung der Flöhe verhindert. Er wirkt nicht so schnell, ist aber dafür nicht giftig. Bei hochgradigem Flohbefall ist ein dichlorvoshaltiges Spray, mit dem man die Katze alle zwei Wochen behandelt, das wirksamste Mittel. Ein nach Anweisungen des Herstellers regelmäßig erneuertes Flohhalsband kann eine gesunde Katze vor ungebetenen Gästen schützen. Spray und Halsband sind jedoch alternativ zu verwenden, denn beide enthalten stark wirksame Insektizide; bei gleichzeitiger Benutzung besteht die Gefahr, daß eine für die Katze giftige Dosis verabreicht wird. Bei manchen Katzen verursachen Flohhalsbänder Hautreizungen.

▲ *Diese weiße Katze mit ungleicher Augenfarbe ist wahrscheinlich auf einem Ohr taub, aber dies ist sehr schwer zu überprüfen.*

Wenn ein Hautproblem trotz Behandlung gegen Flohbefall hartnäckig bestehen bleibt und noch andere Krankheitsanzeichen als Begleiterscheinung auftreten, wenn die Haut eher wund und feucht als trocken und schorfig aussieht, sollte man unbedingt den Tierarzt hinzuziehen. Es gibt eine Vielzahl anderer Hautkrankheiten, von denen einige auch auf den Menschen übertragbar sind. Für den Laien ist es unmöglich, zwischen diesen zu unterscheiden.

Die Ohren

Abgesehen von Flöhen können die Ohren von besonderen Parasiten, den Ohrmilben, befallen werden. Katzen mit Ohrmilben kratzen sich ständig und verursachen auf diese Weise oft wunde Stellen an den Ohrmuscheln. Dunkles, bröckliges Ohrenschmalz ist ein weiteres Symptom. Die Behandlung ist unkompliziert, solange gewährleistet ist, daß die verabreichten Ohrentropfen ins Ohrinnere gelangen. Manche Katzen werden jedoch wiederholt von Parasiten befallen. In diesem Fall sollte man frühzeitig tierärztliche Hilfe in Anspruch nehmen, denn die Behandlung chronischer Ohrenentzündungen ist nicht einfach, und oft ist ein operativer Eingriff erforderlich. Ständiges Kratzen kann eine Blutblase an der Ohrmuschel (Othämatom) hervorrufen, die wiederum operativ entfernt werden muß.

Taubheit ist bei Katzen oft angeboren, vor allem Tiere mit weißem Fell und blauen Augen sind davon betroffen. Bevor Sie ein weißes Kätzchen mit blauen Augen kaufen, sollten Sie daher unbedingt sein Gehör testen. Auch für die Alterstaubheit gibt es kaum Behandlungsmöglichkeiten. Taube Katzen sollten nur unter Beaufsichtigung das Haus verlassen, da der Verkehr für sie eine Gefahr darstellt. Auch muß man bei ihnen eine Methode entwickeln, um ihre Aufmerksamkeit visuell auf sich zu ziehen.

Die Augen

Es gibt sehr viele verschiedene Augenkrankheiten mit zahlreichen unterschiedlichen Anzeichen. Wässriger oder eitriger Ausfluß aus beiden Augen ist häufig ein Symptom für Katzenschnupfen. Ist ein Auge geschlossen und tränt, kann das auf eine Verletzung des Augapfels oder einen Fremdkörper unter dem Augenlid hinweisen. Bei kranken Katzen fällt das dritte Augenlid (Nickhaut) so weit vor, daß es etwa die Hälfte des Auges bedeckt. Hierbei handelt es sich um eine allgemeine Begleiterscheinung bei Krankheit und nicht um ein Symptom einer bestimmten Krankheit oder einer Augenerkrankung.

Blindheit tritt bei Katzen sehr selten auf. Eine Trübung der transparenten Hornhaut oder eine wolkige Trübung im Augeninnern können möglicherweise auf eine Mißbildung hindeuten, aber die Augen einiger blinder Katzen sehen ganz normal aus, und man kann nur aus ihrem Verhalten Schlüsse ziehen, wenn sie z. B. gegen Möbelstücke stoßen oder den Futternapf nicht finden. Stark erweiterte schwarze Pupillen, die sich bei Lichteinfall nicht zu Schlitzen verengen, sind ein weiteres Krankheitsanzeichen. Einige Erkrankungen, die zur Blindheit führen, können operativ behandelt werden. Ist nur ein Auge betroffen, bringt dies für die Katze kaum Einschränkungen mit sich. Sogar völlige Blindheit kann oft mit Hilfe des Gehörs und der Schnurrhaare ausgeglichen werden. Wenn man seine Möbel nicht ständig verrückt, kommen die meisten Katzen erstaunlich gut zurecht und können ein recht zufriedenes Leben führen.

Nieren und Harnwege

Nierenerkrankungen kommen bei Katzen sehr häufig vor. Da sie vor allem die ältere Katze betreffen, werden sie ausführlich in Kapitel VII behandelt, sie können aber in jedem Alter auftreten. Das wichtigste frühe Anzeichen, allmählich ansteigender Flüssigkeitsbedarf, geht oft mit Gewichtsverlust einher. Gleichgültig, wieviel die Katze trinkt, man sollte ihren Wasserkonsum keinesfalls einschränken und unbedingt den Tierarzt hinzuziehen. Es gibt noch eine Reihe anderer Ursachen für einen gesteigerten Durst, wie z. B. Diabetes und Hepatitis. Ohne eine korrekte Diagnose läßt sich keine gezielte Behandlung durchführen.

Katzen neigen auch zur Bildung von Blasensteinen. Bei weiblichen Tieren werden diese ohne große Schwierigkeiten ausgeschieden. Bei Katern hingegen können sie in der engeren Harnröhre steckenbleiben und einen Stau hervorrufen. Diese Erkrankung ist unter dem Namen *Felines Urolithiasis-Syndrom* (FUS) bekannt. Anzeichen sind wiederholte, vergebliche Versuche, Urin abzusetzen, oft verbunden mit lauten Schmerzäußerungen und häufigem Lecken des Penisendes. Dieses Leiden kann zu ernsthaften Erkrankungen führen. Man sollte unbedingt innerhalb weniger Stunden, nachdem man die Anzeichen bemerkt hat, den Tierarzt aufsuchen. Oft kann das Hindernis durch eine Operation erfolgreich beseitigt werden. Da es häufig Rückfälle gibt, kann zur Vorbeugung eine spezielle Diät verschrieben werden. Katzen, die zu Blasensteinen neigen, sollten kein Trockenfutter erhalten.

Vergiftungen

Katzen sind sehr viel vorsichtiger bei ihrer Nahrungswahl als Hunde, daher sind Vergiftungen verhältnismäßig selten. Die Symptome einer Vergiftung hängen von dem jeweiligen Giftstoff ab und können denen einer Infektionskrankheit stark ähneln, mit der Ausnahme, daß Fieber selten, Untertemperatur allerdings häufiger auftritt.

Es gibt drei Arten von Symptomen: die Nerven betreffende Anzeichen wie Anfälle, Zittern und starker Speichelfluß, Koma sowie unkontrollierbare Blutungen. Symptome, die die Nerven betreffen, werden normalerweise von Insektiziden und Herbiziden hervorgerufen (hierzu gehören auch die meisten Flohmittel, die bei falscher Anwendung zu Vergiftungen führen). Der Komazustand wird vom Rattengift Alphachloralose hervorgerufen; das Rattengift Warfarin und ähnliche (kumarinhaltige) Produkte erzeugen unkontrollierbare Blutungen. Alphachloralose ist dabei das harmlosere Gift, denn man kann der Katze helfen, indem man sie warm einpackt und wartet, bis die Symptome abgeklungen sind. Wenn Sie nicht auf die Verwendung von Rattengift verzichten können, nehmen Sie lieber Alphachloralose als Warfarin. Es gibt allerdings auch Produkte, die für Katzen und Hunde völlig unschädlich sind. Meistens vergiften sich Katzen, indem sie Mäuse und Ratten fressen, die das Gift vorher aufgenommen haben. Die Vergiftung kann schwerwiegende Folgen haben, es gibt jedoch ein besonderes Gegenmittel, das allerdings möglichst schnell verabreicht werden muß, denn Bluttransfusionen, die im fortgeschrittenen Stadium oft erforderlich sind, scheitern häufig am Fehlen des passenden Spenders. Es gibt auch spezielle Gegenmittel für viele Gifte, welche das Nervensystem betreffende Symptome hervorrufen. Wenn auch nur der Verdacht auf Vergiftung besteht, sollten Sie wie im Notfall reagieren, denn je eher ein Gegenmittel verabreicht wird, desto größer ist seine Wirkung. Im allgemeinen ist es nicht ratsam, ein Erbrechen herbeizuführen. Benachrichtigen Sie sofort den Tierarzt, und versuchen Sie herauszubekommen, mit welcher Art von Gift Ihre Katze möglicherweise in Kontakt gekommen ist.

Infektionskrankheiten

Die Katze kann an vielen verschiedenen Infektionskrankheiten erkranken. Im allgemeinen findet man als Begleiterscheinung Apathie, Appetitmangel und vermindertes Putzen. Auch können Augen- und/oder Nasenausfluß,

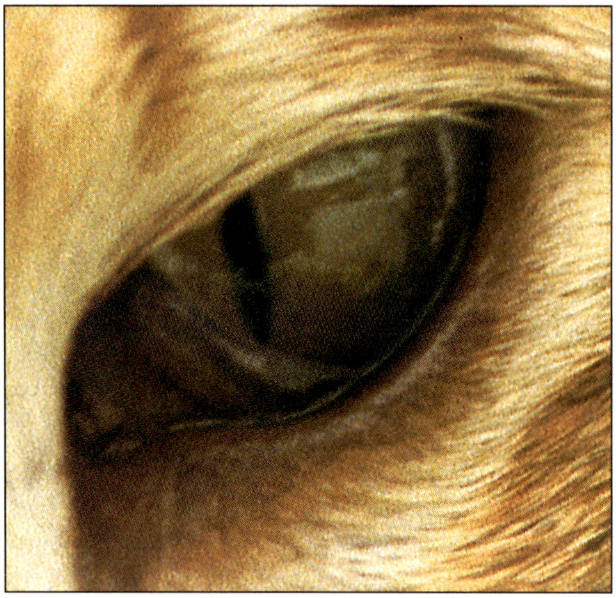

▲ *Ein Vorfall der Nickhaut ist ein Anzeichen für eine Allgemeinerkrankung.* ▶

Durchfall, Erbrechen oder Atembeschwerden auftreten. Es ist nicht so einfach, die genaue Körpertemperatur zu messen. Das Fieberthermometer muß in den After der Katze eingeführt werden, was wegen der engen Öffnung sehr unangenehm ist; es ist aber die einzige Möglichkeit, ein genaues Ergebnis zu erzielen.

Eine fiebrige Katze fühlt sich deutlich heiß an und hat oft feuchte Fußballen. Die normale Körpertemperatur liegt bei 38,3°C. Erst wenn sie über 39,4°C steigt, besteht Grund zur Beunruhigung.

Die Infektionskrankheiten und ihre Symptome stellen ein sehr umfangreiches Thema dar, das im Rahmen des vorliegenden Buches nur angeschnitten werden kann. Wie oben schon erwähnt, ist es nicht so wichtig, daß man feststellen kann, ob die Katze nun an Katzenschnupfen, Bronchitis oder Hepatitis erkrankt ist, sondern daß man bemerkt, daß ihr etwas fehlt und daraufhin den Tierarzt aufsucht. Sie können den Arzt am besten bei seiner Diagnose unterstützen, indem Sie ihm ungewöhnliche, das Aussehen oder Verhalten betreffende Veränderungen genau schildern, ihn über deren Dauer informieren und seine Fragen exakt beantworten. Aus diesem Grunde sollten Sie unbedingt selbst mit dem Tier zum Arzt gehen; ist dies nicht möglich, informieren Sie ihn am besten schriftlich detailliert über alles, was Ihnen wichtig erscheint.

Abgesehen von den oben beschriebenen akuten Infektionen können Katzen auch an eher chronischen, schleichenden Infektionskrankheiten leiden. Dazu gehören folgende: Feline infektiöse Anämie, verursacht von blutsaugenden Parasiten; Feline Leukämie, eine der wenigen Viruskrankheiten, die zu Krebs führen können; eine Immunschwäche, die von einem Virus hervorgerufen

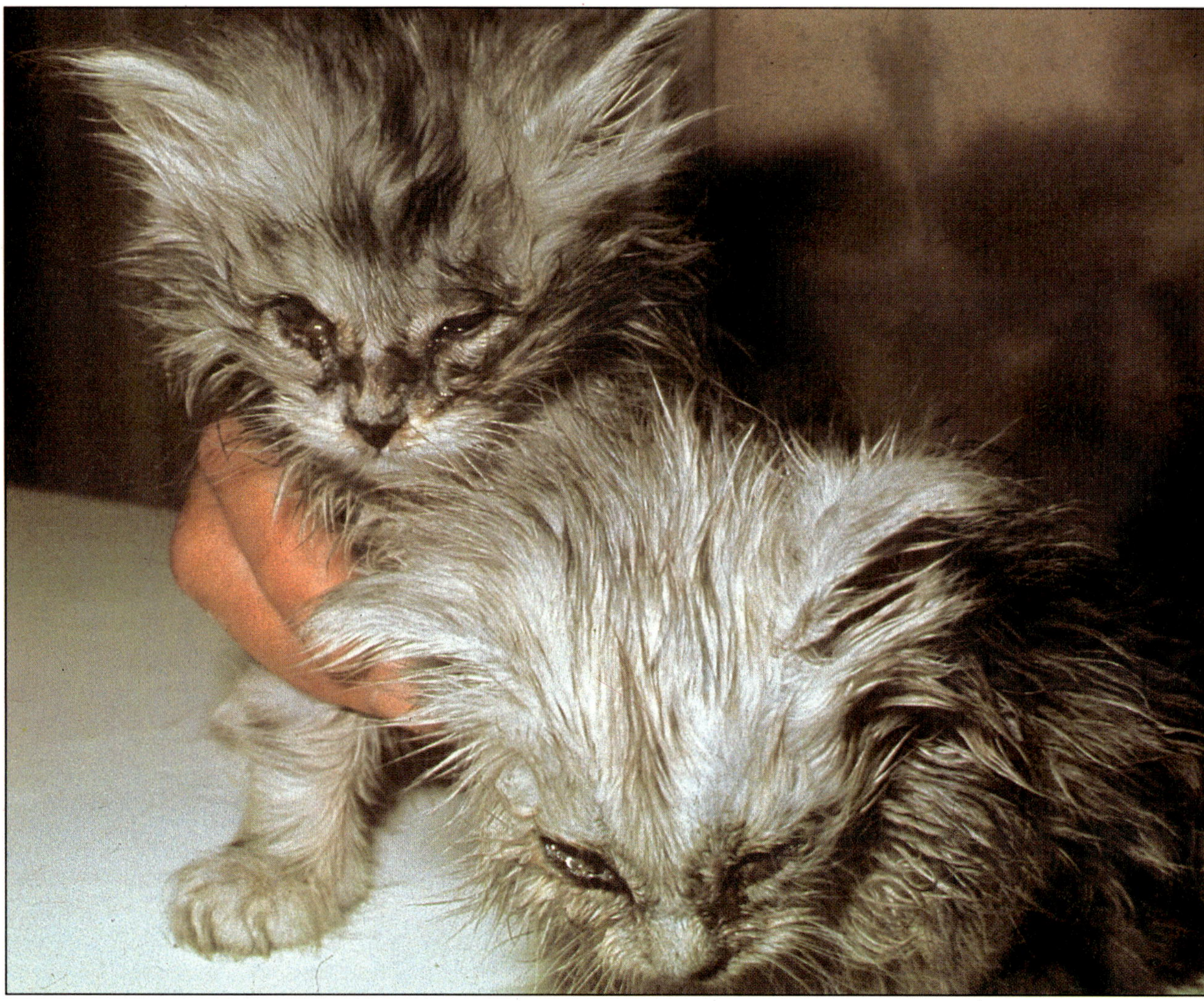

▲ *Diese zwei Kätzchen leiden unter den Folgen eines Katzenschnupfens und scheinen sich selbst sehr zu bemitleiden.*

wird, das mit dem menschlichen AIDS-Virus verwandt ist. Es sei nochmals darauf hingewiesen, daß AIDS nicht von Katzen übertragen werden kann!

Diese Krankheiten sind schwerer zu erkennen, weil sich der Zustand der Katzen allmählich verschlechtert. Sie sollten daher auf Anzeichen wie Gewichtsverlust, Appetitmangel und Blaßfärbung des Zahnfleisches achten.

Zoonosen

Mit diesem Begriff bezeichnet man Krankheiten, die vom Tier auf den Menschen übertragen werden. Die meisten Infektionskrankheiten sind nur innerhalb einer bestimmten Spezies übertragbar. Im Vergleich zur Ansteckungsgefahr, die der tägliche Kontakt zu den Mitmenschen birgt, ist das Risiko, sich beim Haustier zu infizieren, verschwindend gering. Einige Krankheiten, die von Katzen auf den Menschen übertragen werden, sollen jedoch erwähnt werden.

■ **Spulwurmbefall.** Die Infektion kann vom Katzen- oder Hundespulwurm hervorgerufen werden. Es ist unmöglich, sich bei der Katze direkt mit Würmern zu infizieren. In der Regel infiziert man sich bei einem anderen Menschen mit einem Menschenspulwurm oder nimmt Spulwurmlarven mit nicht durchgegartem Fleisch auf. Die Larve des Katzenspulwurms kann auch den Menschen infizieren; man spricht hier von den *wandernden Larven.* Die Gefahr wird jedoch im allgemeinen überschätzt, vielleicht weil einige wenige Fälle, in denen durch Larvenbefall ein Auge zerstört wurde, von der Presse sehr hochgespielt wurden. Meistens wird es sich in solchen Fällen um Hunde- und nicht Katzenspulwürmer gehandelt haben. Vorbeugend sollte man die Katze regelmäßig unter tierärztlicher Aufsicht entwurmen und im Umgang mit Katzenkot strenge Hygieneregeln beachten. Schwangere Frauen müssen besonders vorsichtig sein.

■ **Toxoplasmose** wird durch einzellige Parasiten hervor-

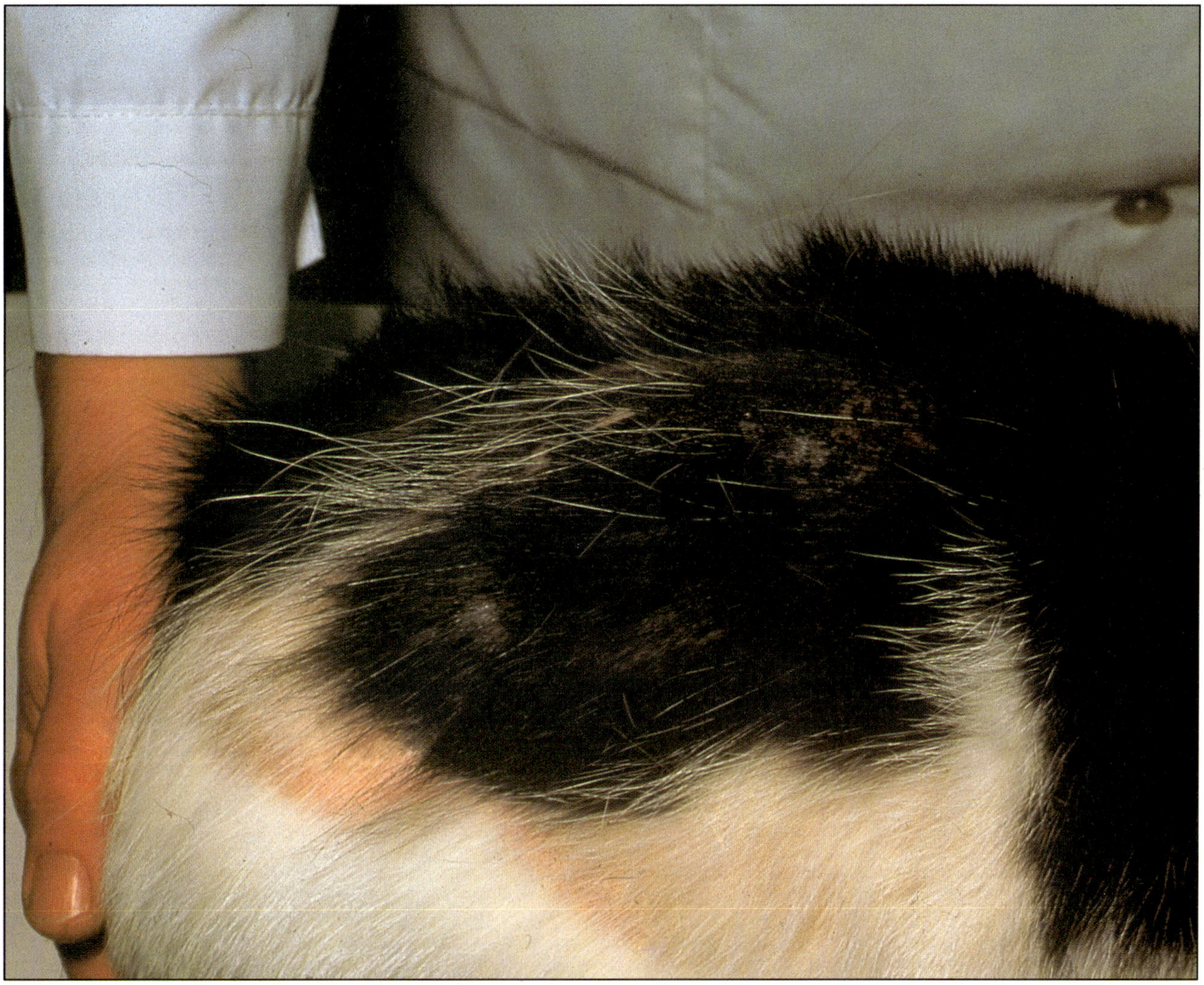

▲ *Diese Katze ist an Scherpilzflechte erkrankt, bei vielen Hautkrankheiten treten jedoch sehr ähnliche Symptome auf.*

gerufen. Die Katze spielt für diese Erreger die Schlüsselrolle, sie können aber auch jedes andere Lebewesen als Zwischenwirt infizieren. Ihr Lebenszyklus ist sehr komplex; von entscheidender Bedeutung ist, daß Zwischenwirte sich zwar durch die Aufnahme von infiziertem Fleisch anstecken können, daß aber nur Katzen den Erreger mit dem Kot abgeben. Bei akuter Toxoplasmose treten bei allen Lebewesen Fieber, Lungenentzündung und Anzeichen, die das Nervensystem betreffen, auf. Die Krankheit führt nur selten zum Tod. Im Fall der Trächtigkeit eines Zwischenwirts wird der Fetus infiziert und geschädigt. Aus diesem Grund ist für schwangere Frauen besondere Vorsicht geboten, d. h. sie sollten *niemals* in Berührung mit Katzenkot kommen, weder Gartenerde anfassen, in der sich möglicherweise Katzenkot befindet, noch das Katzenklo reinigen. Als weitere vorbeugende Maßnahme sollte man Katzen möglichst kein rohes Fleisch geben. Die Ansteckungsgefahr ist auch hier relativ gering, da infizierte Katzen die Krankheit nur während einer Zeitspanne von zwei Wochen übertragen.

■ **Scherpilzflechte** wird von einem Hautpilz verursacht. Er schädigt den Haarwuchs und hat viele dem Fußpilz ähnelnde Symptome. Infizierte Katzen haben kahle Stellen im Fell und abgebrochene Haare, die Haut ist möglicherweise braun gefärbt und verkrustet. Unter Umständen treten keinerlei Symptome auf, dies betrifft vor allem Langhaarkatzen. Ein Tierarzt kann die Krankheit mit Hilfe eines Labortests feststellen. Beim Menschen äußert sich die Krankheit in Form von geröteten, leicht geschwollenen Flecken auf der Haut, besonders an Händen und Unterarmen, mit denen man am häufigsten mit der Katze in Berührung kommt. Zur Behandlung der Scherpilzflechte beim Menschen und bei der Katze gibt es mittlerweile sehr gute Präparate; meist ist die Krankheit relativ harmlos. Natürlich kann es manchmal Schwierigkeiten bereiten, die Krankheit bei einer Katze vollständig auszumerzen. Sie sollten jedoch keinesfalls gleich die Katze einschläfern lassen, nur weil Ihr Kind Scherpilzflechte bekommen hat.

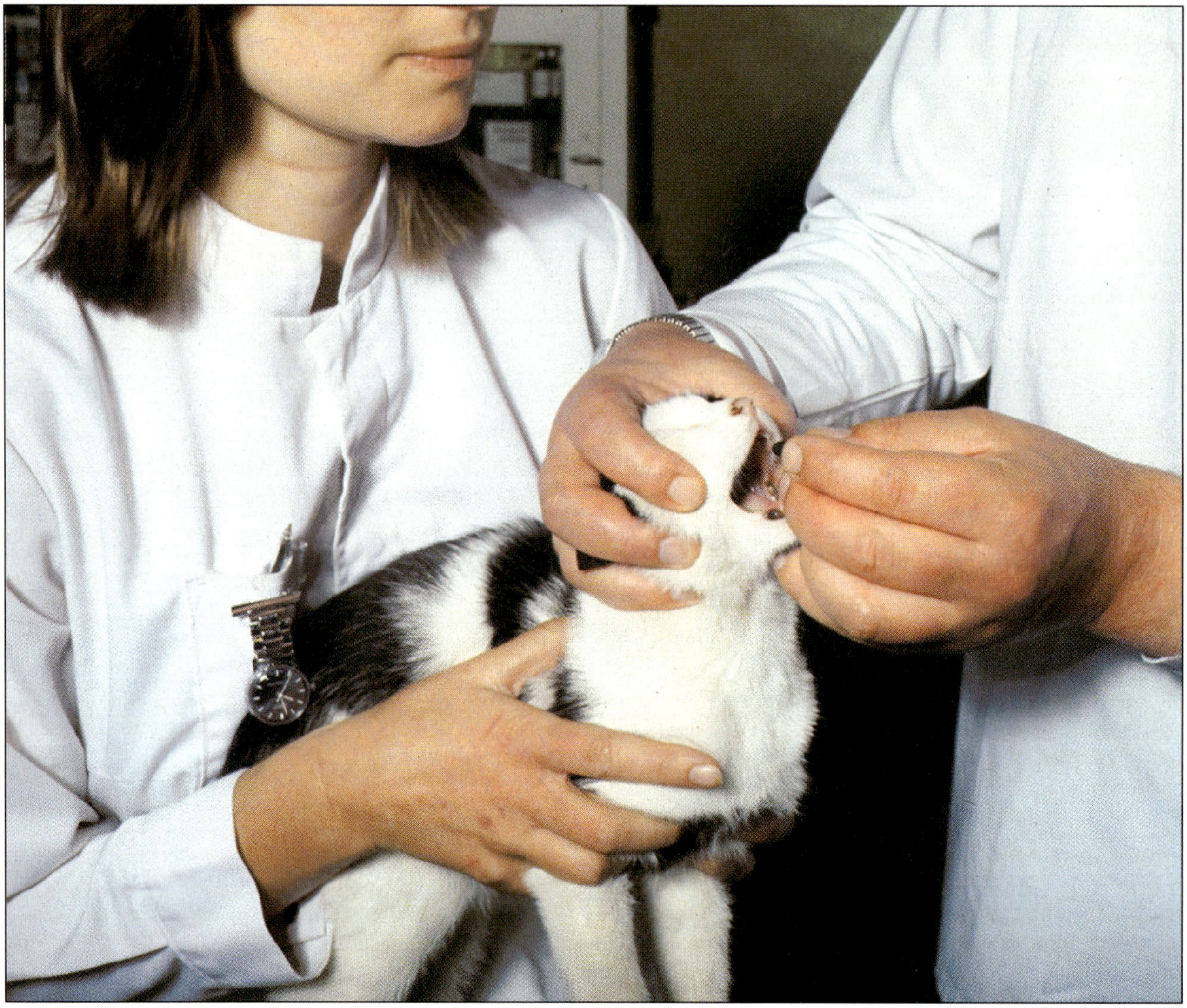

▲ *Es ist immer einfacher, Medikamente zu verabreichen, wenn ein anderer dabei die Katze festhält. Tabletten müssen unbedingt bis über den Zungengrund geschoben werden.*

Verletzungen und erste Hilfe

Am häufigsten werden Katzen bei Verkehrsunfällen und Katzenkämpfen verletzt. Katzen, die von einem Auto angefahren werden, haben fast immer abgebrochene oder gesplitterte Krallen, da sie versuchen, sich beim Aufprall auf die Straße festzukrallen. Weitere Anzeichen sind frische Schmutzflecken im Fell, blutende Wunden, blasses Zahnfleisch, kalte Pfoten und Schmerzäußerung. Bei einem Verkehrsunfall muß unbedingt *sofort* der Tierarzt benachrichtigt werden. Selbst wenn die Katze kaum verletzt zu sein scheint, kann sie innere Blutungen haben. In der Zwischenzeit sollten Sie die Katze warmhalten und nicht durch eine zu intensive Untersuchung stören. Halten Sie ihren Körper beim Hochheben so flach wie möglich, indem Sie sie an Schultern und Hüften anfassen. Bei Bewußtlosigkeit sollte die Katze liegend zum Tierarzt gebracht werden, wenn ein Transport überhaupt möglich erscheint. Eine Wunde, aus der dunkles Blut tropft, ist nicht so problematisch; spritzt helles Blut aus einer Wunde, muß sofort gehandelt werden. Die sicherste Methode, die Blutung zu unterbinden, ist die Anwendung von Druck auf die verletzte Stelle. Mit Aderpressen kann man als Laie viel Schaden anrichten. Bei Verletzungen, die andere Ursachen haben, z. B. ein Sturz oder Unfälle im Haushalt, sind Erste-Hilfe-Maßnahmen nach dem gleichen Prinzip durchzuführen.

Kampfverletzungen, wie breite, klaffende Wunden, können zwar besorgniserregend aussehen, sind aber in der Regel nicht lebensbedrohlich, es sei denn, helles Blut spritzt aus der Wunde. Normalerweise kann der Tierarzt am nächsten Tag mit ein paar Stichen und einer Penicillinspritze Abhilfe schaffen. Als häufigste Kampfverletzung treten Bisse auf, die zwar nur vier kleine Pünktchen auf der Haut hinterlassen, aber eine Infektion und schließlich einen Abszeß nach sich ziehen können. Katzen, die an einem Abszeß als Folge einer Bißwunde leiden, lassen erkennen, daß sie Schmerzen haben, und neigen dazu, den betroffenen Körperteil nicht zu bewegen. Man kann oft eine Schwellung oder eine heiße, feste Beule feststellen, möglicherweise auch die kleinen Bißwunden vorsichtig ertasten. Wenn ein Abszeß reif ist, ist die Haut so dünn geworden, daß sie aufbricht und Eiter ausfließt. Das sieht gefährlich aus, aber die Katze fühlt sich in diesem Stadium schon wieder besser. Das Öffnen eines Abszesses zum richtigen Zeitpunkt kann zwar zur Schmerzlinderung beitragen, aber selbst die hartnäckigsten Fälle lösen sich nach einer Penicillin-Behandlung von wenigen Tagen von selbst. Ein aufgebrochener oder geöffneter Abszeß sollte mit einem Desinfektionsmittel gereinigt und die Wunde so lange wie möglich offen gehalten werden. Wenn ein Kater häufig an Abszessen als Folge von Bißwunden leidet, überlegen Sie, ob Sie ihn nicht doch kastrieren lassen.

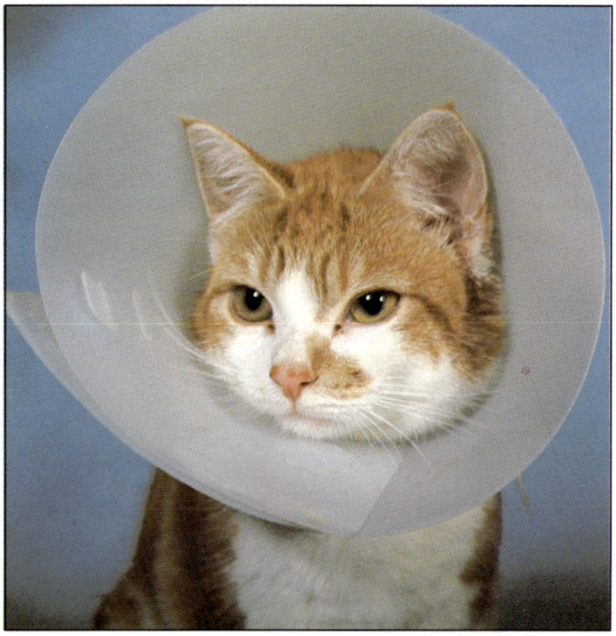

▲ *Ein gut angepaßter Halskragen.*

Pflege der kranken Katze

Ärztliche oder operative Behandlung sind nicht die einzigen Faktoren, die zur Genesung einer kranken Katze beitragen, wichtig ist auch eine gute Pflege. Eine kranke Katze muß immer warm gehalten werden, besonders nachts. Heizkissen und Infrarotlampe sind für diesen Zweck sehr hilfreich. Sie sollten Ihre Katze nicht nach draußen gehen lassen, sondern möglichst nah beim Schlafplatz ein Toilettenkistchen aufstellen. Wenn sie nicht laufen kann, muß sie dorthin getragen werden. Die Katze soll es so bequem wie möglich haben, aus Hygienegründen muß man jedoch auch Kompromisse schließen. Wenn das Tier an Ausfluß, Erbrechen oder Durchfall leidet, sollte man das Lager mit wegwerfbarem Material auslegen.

Scheuen Sie keine Mühen, wenn es darum geht, die Katze sauber zu halten. Legen Sie das Lager regelmäßig frisch aus, säubern Sie Augen, Nase, Maul und Afterbereich, waschen Sie Schmutzflecken aus dem Fell. Eine anspruchsvolle Katze, die zu krank ist, um sich selbst zu putzen, kann richtige Depressionen bekommen, wenn sie sich schmutzig fühlt. Man sollte der Katze zuvorkommen, damit sie nicht Reste von Erbrochenem oder Durchfall mit der Zunge vom Fell entfernt. Bei allem sollte man versuchen, das Tier so wenig wie möglich zu stören. Wichtig ist auch, eine kranke Katze zum Fressen zu ermuntern. Bereiten Sie ihr Leckerbissen zu, die Sie auf, Körpertemperatur erwärmen. Wenn die Katze nur Flüssiges aufleckt, aber keine feste Nahrung zu sich nehmen will, können Sie das Futter im Mixer zubereiten. In Zoofachgeschäften ist auch flüssige Nahrung in Dosen erhältlich. Eine kranke Katze weigert sich oft, direkt aus dem Napf zu fressen, nimmt aber Futter von Ihren Fingern entgegen. Versuchen Sie, sie mit der Hand zu füttern, oder halten Sie einfach den Futternapf, während sie die Nahrung aufschleckt. Bieten Sie ihr häufiger kleinere Futtermengen in einem frisch gewaschenen Napf an.

Sie sollten alle Behandlungsanweisungen Ihres Tierarztes genau befolgen und die Behandlung nicht beim Auftreten einer leichten Besserung absetzen. Gewöhnlich bereitet es keine Schwierigkeiten, Salben oder Tropfen zu verabreichen, doch manchmal muß man zu besonderen Hilfsmitteln greifen, um eine Katze davon abzuhalten, eine Salbe abzulecken oder mit der Zunge an eine Wunde zu gehen. Hier nimmt man einen Halskragen zu Hilfe, einen breiten Plastikstreifen, der so um den Hals der Katze gelegt wird, daß sie weder an einer Wunde lecken noch an Auge oder Ohr kratzen kann.

Das Eingeben von Tabletten kann recht schwierig sein. Am besten hält man die Katze auf dem Boden zwischen den Knien fest, öffnet das Maul, wie in Kapitel II beschrieben, und schiebt die Tablette mit dem Zeigefinger der linken Hand bis über den Zungengrund. Man schließt das Maul, hält die Nase leicht nach oben, wartet einige Sekunden und öffnet es wieder. Ist die Tablette noch zu sehen, schließen Sie der Katze noch einmal das Maul. Flüssigkeit verabreicht man mit Hilfe einer 5-ml-Spritze, indem man die Flüssigkeit seitlich langsam durch die Lippen hindurch tropfen läßt. Auch hier hält man das Maul geschlossen, richtet den Kopf leicht nach oben und gibt der Katze Zeit, die Flüssigkeit zu schlucken. So kann man flüssige Medizin oder Nahrung verabreichen.

KAPITEL SIEBEN

Die ältere Katze

▲ *Eine einundzwanzigjährige Katze genießt ihr bequemes Lager.*

Die normale Lebenserwartung einer Katze liegt bei 16 bis 17 Jahren. Katzen, die die 20 schon überschritten haben, sind jedoch keine Seltenheit. Im Alter von etwa 14 Jahren treten bei der Katze Alterserscheinungen auf. Sie werden vermutlich merken, daß sie langsamer wird, länger schläft und vielleicht nachlässiger bei ihrer Pflege ist. Im Gegensatz zu Menschen und Hunden bekommen Katzen im Alter keine grauen Haare, sondern eher dunklere. Die Siamfärbung (dunkle Abzeichen) ist auf die relativ niedrige Körpertemperatur an Ohren, Nase, Pfoten und Schwanz zurückzuführen. Eine altersbedingte geringere Durchblutung senkt allgemein die Körpertemperatur und bewirkt oft, daß das gesamte Fell dunkel wird.

Besondere Fürsorgemassnahmen

Wenn eine ältere Katze langsamer wird, werden Sie wahrscheinlich dazu neigen, sie zu verwöhnen und ihren Launen eher nachzugeben als früher. Was die Nahrung anbelangt, stellen Sie möglicherweise fest, daß sie mit dem Alter wählerischer geworden ist. Bereits in jungen Jahren wird sie Ihnen beigebracht haben, was ihr ganz besonders gut schmeckt. Bei Appetitmangel können Sie, um den Geschmack zu verstärken, das Futter auf Körpertemperatur erwärmen. Ältere Katzen leiden mehr unter der Kälte als ihre jüngeren Artgenossen und sind, vor allem im Winter, sehr dankbar für einen angewärmten Schlafplatz. Einer Katze, die nicht mehr so beweglich ist, kann es Schwierigkeiten bereiten, auf einen höhergelegenen Schlafplatz zu springen, der einige Jahre vorher noch mühelos zu erreichen war. Statt den Schlafplatz zu verrücken, sollte man, wenn möglich, lieber einige Stufen einbauen, denn alte Katzen haben ihre festen Gewohnheiten und verabscheuen Veränderungen. Die Benutzung des Katzenklos oder der Gang in den Garten werden nun häufiger. Wenn Ihre Katze bisher kein Toilettenkistchen benutzt hat, ist jetzt der Zeitpunkt gekommen, sie an eines innerhalb der Wohnung zu gewöhnen. Denn selbst wenn Sie ein Katzentürchen haben, wird es eine alte Katze in einer naßkalten Nacht vorziehen, nicht ins Freie zu müssen. Es kommt vor, daß die alternde Katze gelegentlich die Kontrolle über den Schließmuskel verliert und eine geringe Menge Kot auf den Teppich oder den Schlafplatz gelangt. Es hat keinen Sinn, sie dafür zu schelten, denn es passiert unbeabsichtigt. Wenn die Katze es selbst bemerkt, schämt sie sich sehr und versucht, den Vorfall zu verbergen, indem sie den Kot frißt, bevor jemand darauf aufmerksam wird. Abnehmende Lebhaftigkeit und zunehmende Trägheit führen oft dazu, daß die Katze die Pflege des Felles etwas vernachlässigt. In diesem Fall sollte sie jeden Tag gebürstet werden. Das ist natürlich einfacher, wenn man sie von klein auf daran gewöhnt hat. Bei schuppigem, problematischem Fell läßt sich durch die Anreicherung der Nahrung mit Fettsäuren (z. B. durch Lebertran) eine Verbesserung erzielen. Dies gilt natürlich auch für säugende und genesende Katzen.

Gesundheitspflege bei älteren Tieren

Mit dem Älterwerden nimmt auch die allgemeine Widerstandskraft ab. Auch relativ harmlose Krankheiten nehmen jetzt einen schwereren Verlauf als noch vor ein paar Jahren. Wiederholungsimpfungen, vor allem gegen den Katzenschnupfen, sollten regelmäßig vorgenommen werden. Ein weiterer Problembereich sind die Zähne, denn die meisten Katzen leiden im Alter an Zahn- oder Zahnfleischerkrankungen. Sie sind häufig die Ursache für Appetitmangel oder völlige Nahrungsverweigerung. In den meisten Fällen ist bei der Behandlung von Zahnproblemen eine Vollnarkose erforderlich. Wenn eine alternde Katze sehr schlechte Zähne hat, aber sonst gesund ist, sollte man sie behandeln lassen, bevor sich ihr Gesundheitszustand verschlechtert, da mit zunehmendem Alter eine Narkose immer riskanter wird. Selbst wenn eine Katze die meisten oder alle Zähne verliert, kann sie fast problemlos zubereitete Nahrung zu sich nehmen; diese sollte nicht zu weich sein und mundgerecht angeboten werden. Es ist besser, kranke Zähne entfernen zu lassen, ziehen Sie Ihren Tierarzt zu Rate.

Die häufigste Todesursache bei alten Katzen sind Nierenerkrankungen, für die diese Spezies sehr anfällig ist. Gewöhnlich sind vermehrter Durst und Gewichtsverlust die ersten frühen Anzeichen dieses Leidens, aber der größere Durst kann auch viele andere Gründe haben. Sobald Sie merken, daß die Katze mehr trinkt, sollten Sie Ihren Tierarzt aufsuchen, denn Funktionsstörungen der Nieren können am besten durch einen Bluttest nachgewiesen werden. Eine Heilung ist nicht möglich, aber wenn einmal die Diagnose gestellt ist, kann das Leben Ihres Tieres durch eine spezielle Diät und einen unbeschränkten Frischwasserkonsum beträchtlich verlängert werden. Man sollte die Katze soviel trinken lassen, wie sie mag, denn kranke Nieren können die Abfallstoffe des Körpers nur mit Hilfe von ausreichend Wasser bewältigen. Im fortgeschrittenen Stadium einer Nierenerkrankung können bei der Katze übelriechender Atem und Geschwüre im Mund entstehen (dies ist nicht mit einer Zahnfleischentzündung zu verwechseln). Die Katze wird sehr dünn, ihr Fell leidet, sie frißt sehr wenig und erbricht sich schließlich. Letzteres ist oft ein Zeichen dafür, daß das Endstadium erreicht ist.

Eine weitere häufige Todesursache ist bei alten Katzen die Neoplasie, d. h. die Entstehung verschiedenartiger Tumoren. Die Symptome hängen davon ab, welcher Körperteil betroffen ist. Anzuführen sind Anämie, Gelbsucht und starker Gewichtsverlust; oft ist das Fell in sehr schlechtem Zustand. Wenn sich der Tumor in Oberflächennähe befindet, kann man möglicherweise eine Schwellung sehen oder ertasten. Aber Turmoren in Organen wie z. B. der Leber sind nicht so leicht festzustellen. Auch hier ist eine Heilung unwahrscheinlich. Manchmal kann man zwar operieren, aber die Voraussetzungen sind von Fall zu Fall verschieden. Die richtige Behandlung der Symptome kann oftmals den Krankheitsverlauf verlangsamen und Ihrem Tier noch viele angenehme Lebensmonate ermöglichen.

Chronische Lungenkrankheiten, Erkrankungen der Leber und gelegentlich des Herzens sind weitere Leiden, die ältere Katzen betreffen können.

Bei vielen dieser Krankheiten sind die langfristigen Aussichten eher schlecht. Trotzdem sollten Sie aber nicht aus Angst vor einer solchen Diagnose vor einem Tierarztbesuch zurückschrecken. Man wird Sie keinesfalls dazu bewegen wollen, das Tier auf der Stelle einzuschläfern, es sei denn, es hat unerträgliche Schmerzen. Wenn Sie Ihren Tierarzt rechtzeitig zu Rate ziehen, kann eine Behandlung Ihrem Tier die letzten Monate oder Wochen sehr viel erträglicher machen, selbst wenn die Krankheit letztendlich zum Tod führt.

Pflege der unheilbar kranken Katze

Wenn feststeht, daß eine Krankheit unheilbar ist, ändert sich das grundlegende Ziel der Krankenpflege. Anstatt Heilung und Genesung anzustreben, was unter Umständen Unannehmlichkeiten für den Patienten mit sich bringt, steht nun im Vordergrund, ihm so lang wie möglich das Leben möglichst angenehm zu machen. Da muß man zwangsläufig Kompromisse schließen.

Natürlich möchten Sie Ihre Katze sauber halten. Es ist notwendig, sie zusätzlich zu putzen, da sie die eigene Pflege vernachlässigt. Doch sollten Sie die Reinlichkeitsansprüche nicht zu hoch schrauben, um das Tier nicht zu sehr zu belästigen. Augen, Nase und Afterbereich sollte man reinigen, verschmutzte und stark verfilzte Stellen des Fells ausbürsten. Kleinere Verfilzungen kann man in Kauf nehmen, wenn sich das Tier beim Bürsten nicht wohl fühlt. Sie werden möglicherweise merken, daß Ihre Katze keine großen Strecken mehr zurücklegen kann oder mag und dankbar ist, wenn man sie zu einem sonnigen Plätzchen oder zum Katzenklo trägt. Sie sollten alle Behandlungsanweisungen Ihres Tierarztes genau befolgen. Wenn Sie jedoch den Eindruck haben, daß die Katze zu sehr darunter leidet, sollten Sie, in Absprache mit Ihrem Arzt, die Behandlungsmaßnahmen reduzieren oder absetzen, um die Lebensqualität nicht zu beeinträchtigen.

Die Ernährung ist ein äußerst wichtiges Thema. Sie sollten alle nur erdenklichen Tricks nutzen, um eine kranke Katze zum Fressen zu bewegen, wie z. B. die Nahrung erwärmen und ihr Leckerbissen anbieten. Sie können versuchen, sie mit der Hand zu füttern, denn Katzen verweigern oft die Nahrungsaufnahme aus dem Napf, akzeptieren aber das Futter aus der Hand ihres Besitzers. Der Futternapf muß unbedingt sehr sauber sein; schon eine Spur alter Futterreste kann die Ursache der Nahrungsverweigerung sein. Sie sollten Futterreste nie länger stehen lassen, sondern den Napf reinigen und später eine frische Mahlzeit zubereiten.

Natürlich sollten Sie auch hier die Anweisungen Ihres Tierarztes befolgen und Ihrem kranken Tier eine angemessene Diät geben; aber letztendlich ist es wohl besser, daß die Katze irgend etwas zu sich nimmt, als daß sie den ganzen Tag vor dem unberührten Futternapf mit der verordneten Kost sitzt. Am Appetit läßt sich wahrscheinlich am besten ablesen, wie es der Katze geht. Nimmt sie ausreichend Nahrung zu sich und legt täglich eine kurze Strecke im Haus zurück, ist die Lebensqualität vermutlich annehmbar. Verweigert jedoch eine betagte kranke Katze die Nahrung ganz, sollte man darüber nachdenken, ob sie noch Freude am Leben hat oder ob es nicht besser ist, sie von ihrem Leiden zu erlösen.

Schmerzlose Tötung

Für die Katze ist ein friedlicher, schmerzloser Tod zweifellos das letzte Geschenk, das Sie ihr machen können. Zwar sterben manche Katzen einfach nachts im Schlaf, doch meistens bewirkt eine unheilbare Krankheit durch die allmähliche Verschlechterung des Gesundheitszustands, daß das Tier nicht mehr schmerzfrei leben kann. Die Katze versteht nicht, was vor sich geht, daher müssen Sie über den richtigen Zeitpunkt, ihr Leben zu beenden, entscheiden. Ihr Tierarzt wird mit Ihnen darüber sprechen, um sicherzugehen, daß die Entscheidung nicht übereilt getroffen wird, oder um Ihnen zur Einschläferung zu raten, wenn die Katze zu sehr leiden muß. Doch letzten Endes kennen Sie Ihre Katze am besten.

Eine Katze wird durch Einspritzen einer Überdosis eines Barbiturats, das bei Tieren und Menschen zur Narkose verwendet wird, eingeschläfert. Abgesehen vom Nadeleinstich ist dieser Vorgang völlig schmerzlos. Die Katze fällt sofort oder innerhalb weniger Minuten in tiefen Schlaf, je nachdem, wo die Spritze gesetzt wird. Der Schlaf wird immer tiefer, führt nach kurzer Zeit zum Atem- und schließlich zum Herzstillstand. Im Moment des Herzstillstands ist manchmal eine leichte Zuckung wahrzunehmen. Die Katze spürt jedoch nichts mehr davon; es handelt sich lediglich um einen Muskelreflex. Vielleicht möchten Sie dem Tierarzt diese Aufgabe allein überlassen oder aber bis zum Schluß anwesend sein. Manche Ärzte halten es für besser, wenn der Besitzer beim Einschläfern nicht dabei ist, da sie fürchten, es könnte den Besitzer zu sehr erregen, wenn die Katze beim Nadeleinstich oder gegen Ende leicht zuckt. Wenn Sie jedoch Wert darauf legen, anwesend zu sein, wird Ihr Tierarzt sicher Verständnis dafür haben.

Sie können das tote Tier dem Tierarzt zur Beseitigung überlassen, normalerweise wird es eingeäschert oder beerdigt. Einige Städte verfügen auch über Tierfriedhöfe und Tierbestattungsinstitute.

▲ *Diese dreizehnjährige Katze ist schon etwas grau ums Maul herum, wahrscheinlich nimmt ihre Aktivität von nun an ganz langsam ab.*

KAPITEL ACHT

Katzen-ausstellungen

▲ *Die zugelaufene Katze des Autors bekommt bei einer Champion-Ausstellung eine Auszeichnung für den schönsten Käfig.*

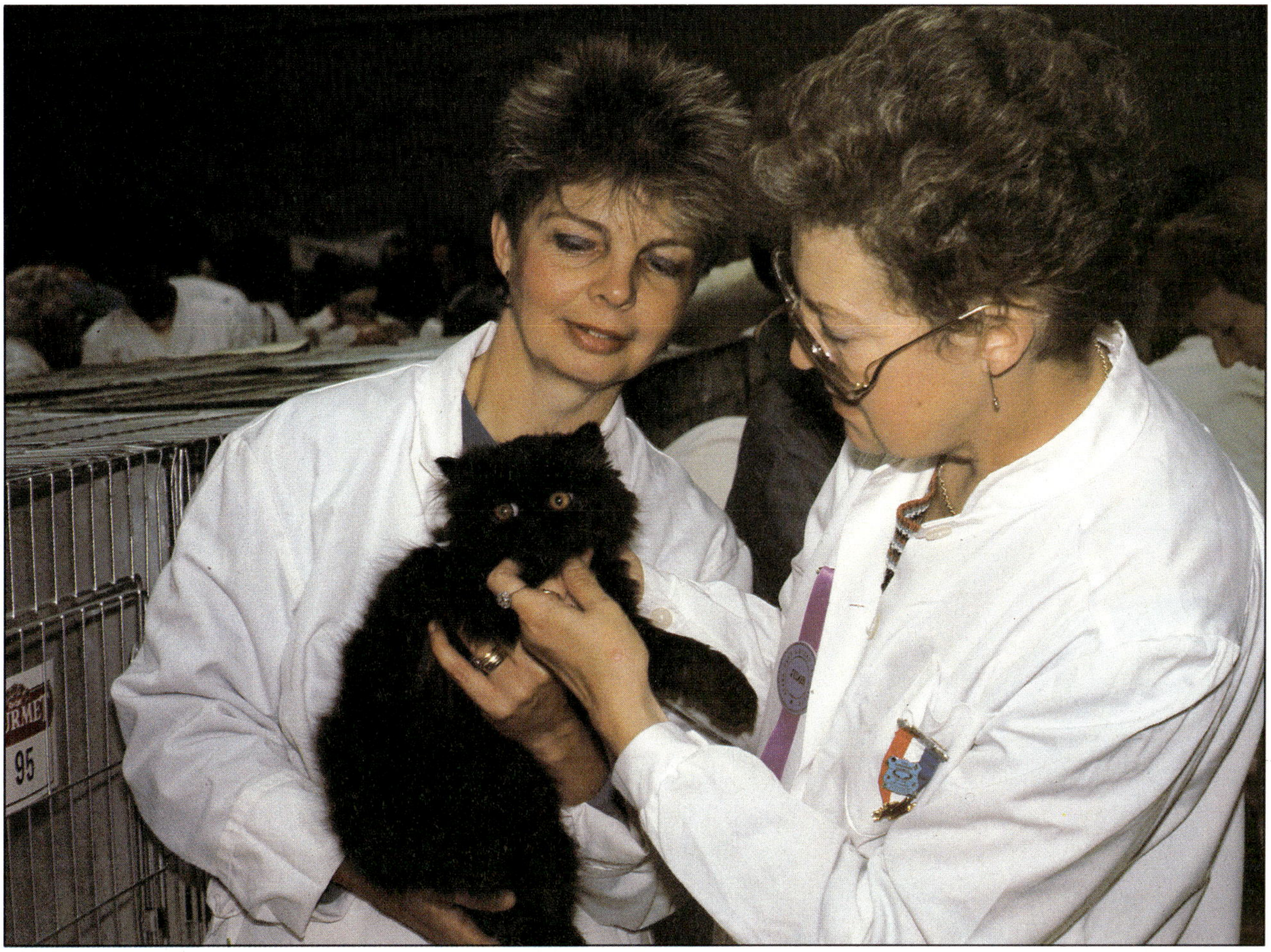

▲ *Ein Steward hält eine schwarze Langhaarkatze hoch, damit der Richter sie untersuchen kann.*

WARUM STELLT MAN SEINE KATZE AUS?

Für Katzenzüchter haben Ausstellungen im Hinblick auf das »Produkt«, das sie anbieten, gleichsam eine Schaufenster-, Werbe- und Marktfunktion. Der Titel eines Champions oder gar eines Grand Champions ist die beste Möglichkeit, den Verkaufswert eines Deckkaters zu steigern, und automatisch steigt auch der Wert des Katzenweibchens und ihrer Jungen. Vielversprechende junge Kätzchen kann man mit zur Ausstellung nehmen, um so die Aufmerksamkeit von potentiellen Käufern zu erregen. Aber auch wenn Sie Ihre Katze nur als Haustier haben, werden Sie sehen, daß Ausstellungen viel Spaß machen. Auf Ausstellungen bietet sich auch leicht die Gelegenheit, andere Katzenliebhaber kennenzulernen, zu plaudern, die neuesten patentierten Katzenkörbchen, Spielzeug etc. anzuschauen und vielleicht zu kaufen. Auch wenn Sie eine Katze mit Stammbaum besitzen, die vermutlich nicht mit den Besten ihrer Rasse konkurrieren kann, besteht dennoch der Reiz, auf kleineren Ausstellungen Preise zu erlangen. Die meisten Ausstellungen haben auch eine Kategorie für Katzen ohne Stammbaum (»Hauskatzen«), die sich großer Beliebtheit erfreut; hier können nicht registrierte, kastrierte Katzen teilnehmen. Da bei der Beurteilung nur äußere Erscheinung und Temperament berücksichtigt werden, kann auch eine Katze von einfacher Abstammung, die durch ihren liebenswerten Charakter und ihr glänzendes Fell besticht, viele Auszeichnungen bekommen. Sogar für zugelaufene Katzen gibt es besondere Klassen.

VERLAUF EINER AUSSTELLUNG

Wie eine Ausstellung abläuft, hängt von dem Veranstalter ab. Die meisten Länder haben zumindest eine nationale Organisation, manche haben zwei oder mehr, die ergänzende Programme durchführen. Wenn Sie noch nie an einer Ausstellung teilgenommen haben, sollten Sie vielleicht erst einmal zuschauen. Sie werden dann einen Teil des Treibens selbst miterleben, erhalten Informationen über zukünftige Veranstaltungen und können vielleicht nützliche Gegenstände erwerben, die Sie für eine Ausstellung benötigen. Wenn Sie sich entschlossen haben, Ihre Katze zum ersten Mal auszustellen, sollten Sie zuerst einen relativ kleinen Rahmen wählen und nicht gleich einen

▲ *Die Beurteilung im Richterring ist in vollem Gange; im Hintergrund stehen die dekorierten Käfige.*

▲ *Finden die Beurteilungen im Richterring statt, werden die Tiere zum Richter getragen. Hier übernehmen zahlreiche Stewards diese Aufgabe.*

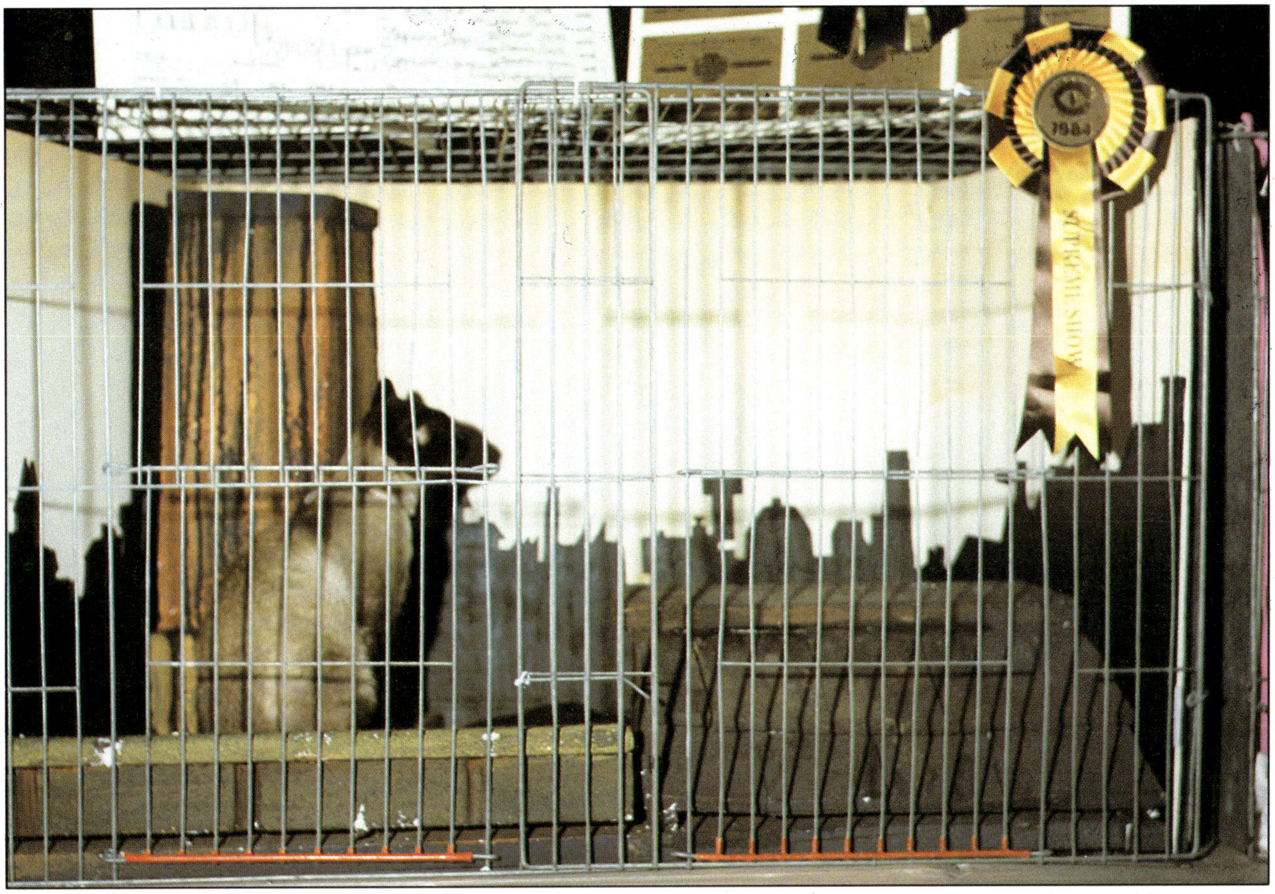

▲ *Der Bewohner dieses eindrucksvoll dekorierten Käfigs scheint einen Abend hoch oben auf den Dächern der Stadt zu verbringen.*

Championtitel anstreben. Wenn Sie eine Katze ohne Stammbaum präsentieren möchten, ist eine Ausstellung speziell für Hauskatzen ein sehr guter Ausgangspunkt. Denn hier ist die Liste der Klassen oft breit gefächert.

Beurteilung im Richterring

Bei der amerikanischen Cat Fanciers' Association (CFA) und anderen Verbänden in den USA, bei der britischen Cat Association (CA) und bei der vom britischen Governing Council of the Cat Fancy (GCCF) auf höchster Ebene organisierten Ausstellung findet die Beurteilung der Katzen im Richterring statt. Auf Ausstellungen dieser Art werden die Käfige, in denen sich die Katzen den Tag über aufhalten, den Richtern nicht vorgeführt und dürfen von den Besitzern geschmückt werden. Hier gibt es viele hübsche, lustige und einfallsreiche Dekorationen, und oftmals wird ein Preis für den schönsten Käfig vergeben. Die Katzen werden in ihren Körben zum Richterring getragen, wo die Preisrichter sie untersuchen und ihre Wahl treffen. Bei diesen Ausstellungen sind die Sitze oft so angeordnet, daß der Zuschauer das Geschehen gut mitverfolgen kann.

■ **Richten im Käfig.** Beim GCCF, der wichtigsten Organisation, die in Großbritannien Ausstellungen veranstaltet, werden die Tiere normalerweise im Käfig beurteilt. Die Katzen halten sich den ganzen Tag im eigenen Käfig auf (es sei denn, sie werden zur »Best in Show« gewählt). Die Richter und ihre Stewards gehen mit kleinen Rolltischen, auf denen sie die Tiere untersuchen, jeweils zu den Käfigen. Um Anonymität zu gewährleisten, gibt es für die Ausstattung des Käfigs strenge Bestimmungen: Decke, Katzenklo und Trinknapf sind weiß; die Katze trägt nur ein weißes Band mit ihrer offiziellen Nummer. Es ist üblich, daß die Beurteilung der wichtigsten Klassen unter Ausschluß der Öffentlichkeit stattfindet. Bei der Beurteilung der Rassesieger der wichtigsten Klassen für die Wahl der »Best in Show« sind Zuschauer normalerweise zugelassen.

Vorbereitungen für die Ausstellung

Als erstes sollten Sie überprüfen, ob Ihre Katze und Sie selbst ordnungsgemäß bei dem Verband, der die Ausstellung organisiert, registriert sind. Bei Katzen mit Stammbaum kann der Züchter bei den Formalitäten behilflich sein. Bei Katzen ohne Stammbaum ist das Vorgehen normalerweise recht einfach; manche Organisationen verlan-

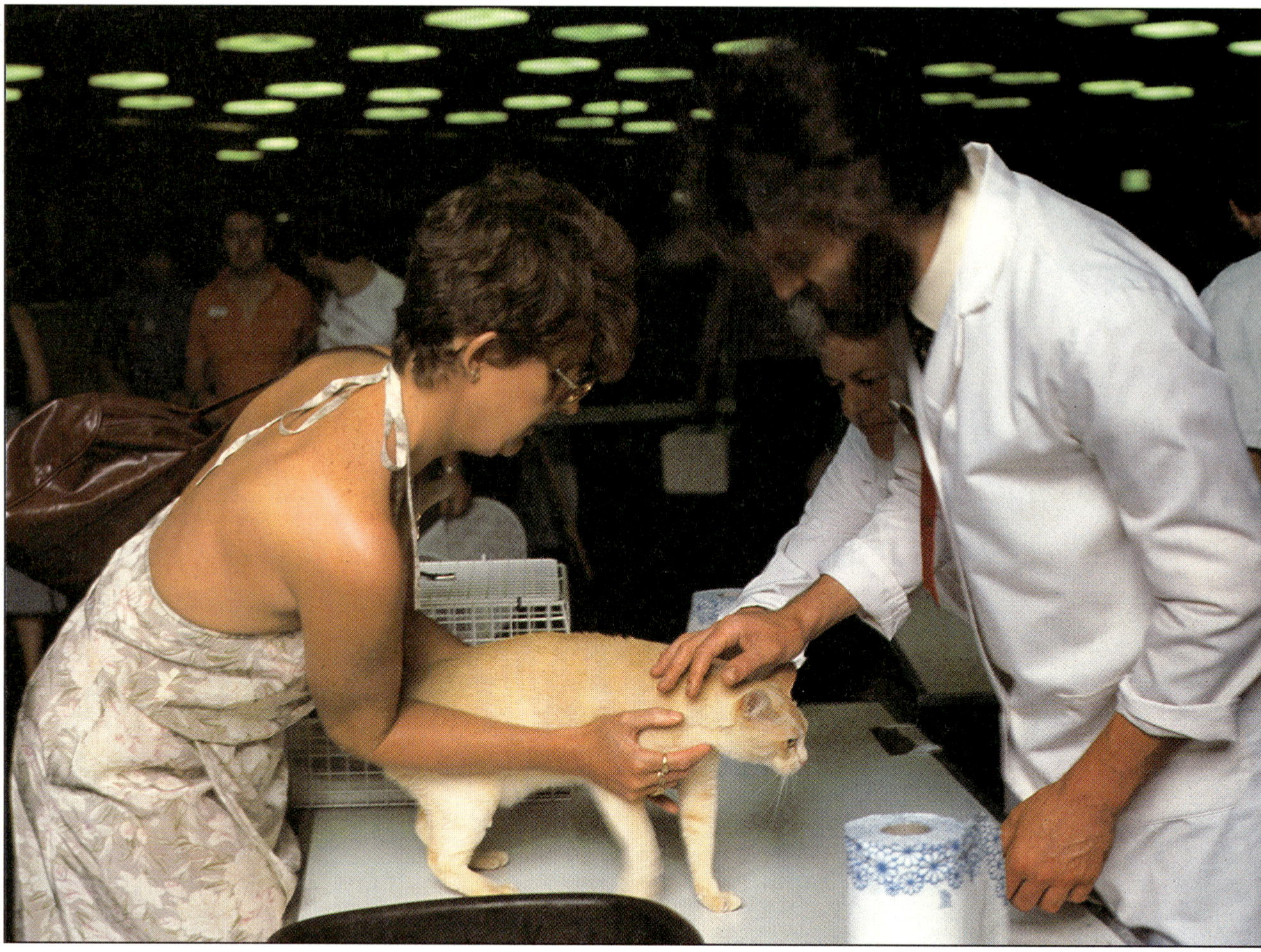

▲ *In vielen Ländern muß jede Katze vom Tierarzt untersucht werden, bevor sie in die Ausstellungshalle kommt.*

gen nicht einmal eine Registrierung. Als nächstes sollten Sie sich eine Übersicht der bei der entsprechenden Ausstellung zugelassenen Klassen besorgen. Dies muß rechtzeitig erledigt werden, denn die Anmeldefrist endet in der Regel vier bis sechs Wochen vor Ausstellungsbeginn. Es ist sehr wichtig, das Kleingedruckte aufmerksam zu studieren und die Anweisungen zu befolgen. Sie werden darüber informiert, welche Katzen nicht zugelassen sind (z. B. trächtige oder säugende Katzen, Kater mit einem Hoden, nicht kastrierte Katzen ohne Stammbaum), zu welcher Klasse Ihre Katze gehört, welche Ausrüstung Sie für die Ausstellung benötigen (z. B. weiße Decke und weißes Katzenklo), welche Arten von Katzenkörben erlaubt sind, wann Sie zur tierärztlichen Untersuchung (Registrierung) erscheinen müssen, aus welchen Gründen der Tierarzt die Teilnahme Ihrer Katze ablehnen kann, wann die Halle geräumt sein muß. Fordern Sie die vollständigen Ausstellungsbestimmungen an und überprüfen Sie, ob die Anmeldeformulare korrekt ausgefüllt sind und die entsprechende Anmeldegebühr beiliegt.

Es ist äußerst wichtig, die Katze auf ihre Ausstellungstauglichkeit hin zu testen. Bitten Sie fachkundige Freunde und Bekannte, Ihre Katze hochzuheben und zu untersuchen. Gewöhnen Sie die Katze an einen Reisekorb. Wenn sie sich darin wohl fühlt, wird ihr ein Ausstellungskäfig im Vergleich dazu recht geräumig vorkommen.

Wieviel Zeit sie für die Vorbereitungen benötigen, hängt von der Art des Fells Ihrer Katze ab. Eine langhaarige Perserkatze braucht wochenlange Pflege und muß gebadet werden; eine Kurzhaarkatze mit feinem Fell kommt möglicherweise mit einer gründlichen Pflege ein bis zwei Tage vor der Ausstellung aus.

Hinweise für die Pflege im allgemeinen und als spezielle Vorbereitung für die Ausstellung können Sie Kapitel II entnehmen. Am Abend vor einer Ausstellung sollte die letzte Pflege besonders gründlich sein und die Reinigung von Ohren, Pfoten und Afterbereich mit einschließen. Vergewissern Sie sich, daß alles Notwendige für den nächsten Tag gepackt ist. Eine Checkliste ist hierfür recht nützlich. Normalerweise muß man früh aufbrechen, da die meisten Ausstellungen gegen 9.00 Uhr beginnen. Wenn schließlich alles erledigt ist und die Katze gelassen und wunderschön in ihrem Käfig sitzt, genießen Sie die Ausstellung!

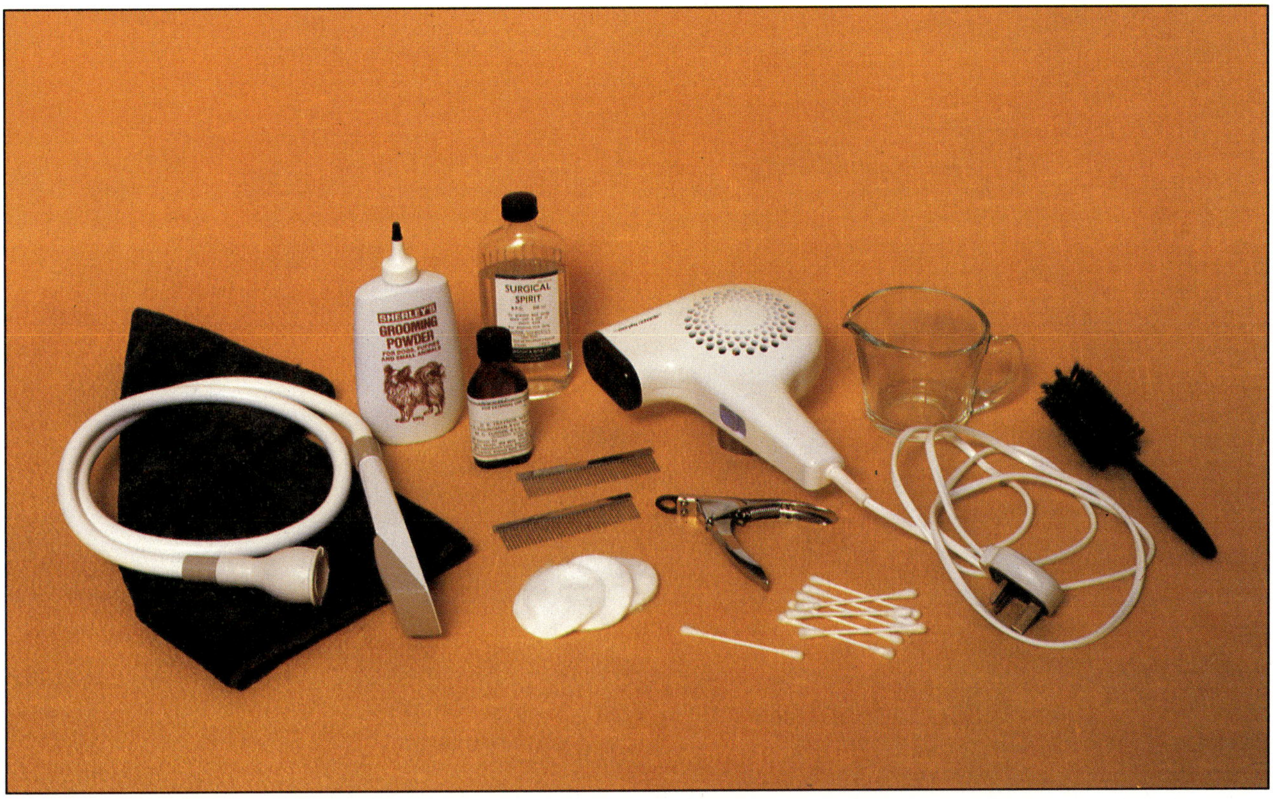

▲ *Bei einer Langhaarkatze sind die Pflegevorbereitungen für die Ausstellung kompliziert und zeitraubend.*

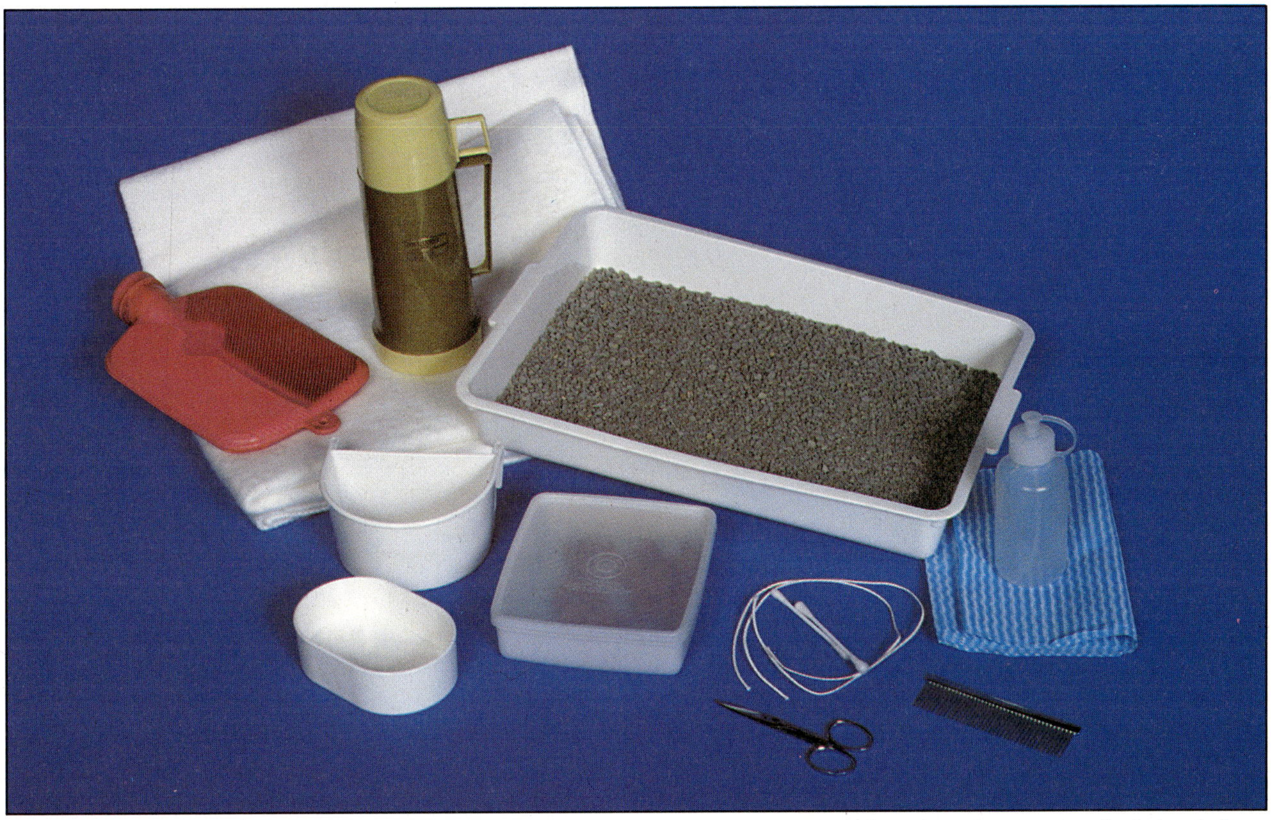

▲ *Die notwendige Ausrüstung für eine Ausstellung in den Wintermonaten, bei der die Tiere im Käfig beurteilt werden. Eine Wärmflasche ist erlaubt, muß aber vollständig vom weißen Tuch bedeckt sein.*

▲ *Eine Katze ist auch ohne Stammbaum ein lieber Gefährte und kann viele Preise gewinnen.*

ANHANG

Bekannte Katzenrassen

▲ *Eine Langhaarkatze, Black Smoke.*

▲ *Perser, Creme*

■ **Langhaarkatzen** kann man grob in drei Gruppen unterteilen: Perserrassen (Perser, Colourpoint und Chinchilla) mit gedrungenem Körper, sehr kurzem Gesicht und sehr langem Fell; Halblanghaarkatzen (Birma, Türkische Van-Katze, Maine Coon und Ragdoll) mit längerem, leicht keilförmigem Kopf und längerem Körper, und die Langhaarvarietäten einiger Rassen orientalischen Typs (Korat, Somali, Angorakatzen und Balinesen), die sich nur durch ihr feines, seidig glänzendes, mittellanges Fell von ihren kurzhaarigen Verwandten unterscheiden.

■ **Perser** (oftmals einfach als Langhaarkatzen bezeichnet) haben ein sehr langes, dichtes, seidig glänzendes Fell, einen kräftigen Körper mit stämmigen Beinen und einen runden Kopf mit kurzer Nase und großen Augen. Man unterscheidet verschiedene Rassen nach der Fell- und Augenfarbe, aber die grundlegenden Merkmale sind gleich. Wenn diese Katzen durch ihr plattes Gesicht auch oft einen mürrischen Eindruck machen, so sind sie doch meist fügsam und gutmütig.

▲ *Perser, Colourpoint, Seal-Point*

■ **Die Colourpoint** hat das für die Perserkatze typische lange Fell mit der Färbung der Siamkatze; die dunklere Färbung von Gesicht (Maske), Pfoten und Schwanz hebt sich von der helleren Farbe des Körpers ab.

▲ *Chinchilla*

■ **Die Chinchilla** ist eine ähnliche Perserzüchtung mit weißem Fell und schwarzer Haarspitzenfärbung, die dem Fell einen Schimmer verleiht. Die schwarze Umrandung der Augenlider ist besonders auffällig.

▲ *Birma, Blau*

■ **Die Birma** hat ein etwas kürzeres Fell als die Perserkatze und eine mittellange Nase. Bei ihr ist die Siamfärbung mit einer Weißscheckung der Füße verbunden (Handschuhe bzw. Stiefel), die sich von den Abzeichenvarianten absetzt.

▲ *Ein gelungener Schnappschuß von einer schwimmenden Türkischen Van*

■ **Die Türkische VAN** gehört zu den Halblanghaarkatzen. Sie hat eine lange Nase und einen längeren Körper als die Perserkatze. Ihr Fell ist weiß mit rötlichbraunen Flecken in Ohrennähe. Sie hat eine Vorliebe für das Wasser und kann schwimmen.

▲ *Maine Coon, Tortie Tabby*

■ **Die Maine Coon** ist eine Halblanghaarkatze mit einer mittelgroßen bis langen Nase und einem sehr langen, buschigen Schwanz. In den USA ist diese Rasse für ihre beträchtliche Körpergröße bekannt. Der Name ist wohl darauf zurückzuführen, daß die großen, gestreiften Tiere eine verblüffende Ähnlichkeit mit einem Waschbären *(racoon)* haben.

▲ *Eine Seal-Point Ragdoll-Familie*

■ **Die Ragdoll** ist eine sehr große Katze mit halblangem Fell und der ungewöhnlichen Eigenschaft, sich so stark entspannen zu können, daß sie beim Hochheben ganz schlaff wirkt. Ragdolls sind ausgesprochen sanftmütige Tiere.

■ **Die Somali** ist die langhaarige Version der Abessinier. Ihr Fell ist jedoch erheblich kürzer als das der echten Langhaarzüchtungen.

▲ *Korat*

■ **Die Korat** ist eine Langhaarkatze mit halblangem bis kurzem Fell, die im übrigen der Russisch Blau sehr ähnelt.

▲ *Zwei Angorakatzen, Zimtfarben und Tabby Blau*

■ **Die Angorakatze** ist eine Orientalin mit halblangem, seidig glänzenden, fließenden Fell.

▲ *Somali*

▲ *Balinese, Red-Point*

■ **Balinesen** sind langhaarige Siam-Varietäten. Das Fell ist halblang, seidig glänzend und fließend; die übrigen Charakteristika entsprechen denen der Siamesen. Es besteht keine Ähnlichkeit mit der Perser Colourpoint.

▲ *Exotic Kurzhaar, Weiß mit ungleicher Augenfarbe*

■ **Die Exotic Kurzhaar** hat wesentliche Merkmale einer Perserkatze, verbunden mit kurzhaarigerem Fell.

▲ *Britisch Kurzhaar, Blau-Creme (helles Schildpatt)*

■ **Kurzhaarkatzen.** Man unterscheidet Britisch und Amerikanisch Kurzhaar mit gedrungenem Körper und dickem Fell, Rassen mit mittelstark ausgeprägten orientalischen Merkmalen (Russisch Blau, Abessinier, Cornish Rex und Burma), mit längerem, schlankeren Körper und feinerem Fell, und Rassen mit stark ausgeprägten Zügen des orientalischen Typs (Havanna, Orientalisch Kurzhaar, Siamesen) mit besonders schlankem, anmutigen Körper.

■ **Britisch oder Amerikanisch Kurzhaar** haben einen sehr kräftigen, massiven Körperbau, kurze Beine, einen kurzen Schwanz und ein kurzes, dichtes und auch dickes Fell. Sie besitzen einen runden Kopf, große Augen und eine kurze Nase (jedoch nicht so extrem kurz wie bei der Perserkatze). Wie bei den Persern unterscheidet man auch hier anhand der Farbe eine Vielzahl von Rassen.

▲ *Manx, Tabby Rot und Weiß*

■ **Die Manx** entspricht im wesentlichen der Britisch Kurzhaar, hat aber am Ende des Rückgrats, wo normalerweise der Schwanz ansetzt, ein kleines Loch. Es handelt sich eigentlich nicht um eine echte Rasse, denn das Aufeinandertreffen zweier Manx-Gene hat tödliche Folgen. Man muß sie daher mit normalen Katzen kreuzen, damit man keine kleinen Würfe (die betroffenen Jungen entwickeln sich nicht) und an Spina bifida erkrankte Junge erhält.

▲ *Abessinier, Wildfarben*

■ **Abessinier.** Wie die Russisch Blau hat die Abessinier mittelstark ausgeprägte orientalische Züge; typisch für sie ist das Ticking, die 2- bis 3fache Hell-Dunkel-Bänderung jedes einzelnen Haares. Katzen dieser Rasse sind gewöhnlich zurückhaltend und ruhig.

▲ *Russisch Blau*

■ **Bei der Russisch Blau** sind Körper, Beine und Schwanz länger als bei den vorstehend aufgeführten Kurzhaarrassen. Ihr blaugraues Fell bringt die lebhaften grünen Augen gut zur Geltung.

▲ *Devon Rex, Schildpatt*

▲ *Cornish Rex, Rot*

■ **Cornish Rex und Devon Rex.** Beim Fell dieser Rassen fehlen die längeren Grannenhaare, es ist weich und gewellt. Bei der Cornish Rex sind die orientalischen Merkmale mittelstark ausgeprägt, die Devon Rex hingegen hat ein sehr ungewöhnliches Äußeres (ihr Gesicht wird manchmal mit dem eines Kobolds verglichen) durch die kurze Schnauze, einen deutlichen Stop über der Nase und große Fledermausohren. Die Schnurrhaare sind gekrümmt. Diese Katzen sind gewöhnlich sehr gutmütig und freundlich.

▲ *Burma, Chocolate*

■ **Die Burma** hat auch mittelstarke orientalische Züge, ähnelt aber eher den Siamesen als die vorher beschriebenen Rassen. Gewöhnlich hat sie eine kräftige Farbe wie Braun, Blau, Chocolate oder Lilac. Sie miaut nicht ganz so durchdringend wie die Siamkatze, aber hat oft doch eine recht dominante Persönlichkeit.

▲ *Orientalisch Kurzhaar, Chocolate, Spotted Tabby (getupft)*

■ **Die Orientalisch Kurzhaar** hat ausgeprägte orientalische Züge. Bei ihr kommen auch die Fellfarben Tabby (gestromt) und Schildpatt vor.

■ **Die Havanna** hat die gleiche warme Braunfärbung wie die Birma, aber ihr Körperbau ist stark vom orientalischen Typ geprägt. Wie die Siamkatze ist sie sehr schlank. Die einfarbigen Farbvarietäten (Blau, Weiß, Schwarz, Lilac etc.) erhalten bei der Bezeichnung den Zusatz »Foreign«.

▲ *Havanna*

▲ *Siamkatze, Lilac-Point*

■ **Bei der Siamkatze** sind die orientalischen Merkmale am ausgeprägtesten; sie hat einen langen, schlanken Körper, einen langen Schwanz und lange Beine, einen langen keilförmigen Kopf. Charakteristisch ist ein Fell in heller Grundfarbe mit einer breiten Farbpalette bei den Abzeichen (Points). Das Fell ist besonders kurz und fein. Die Siamkatze ist ein sehr lebhaftes, selbstbewußtes Tier, das sein lautes, jammerndes Miauen gern bei jeder Gelegenheit hören läßt.

▲ *Classic Tabby (gestromt)*

▲ *Spotted Tabby (getupft)*

■ **Tabbyzeichnung.** Stromung, Tigerung oder Tupfen sind ein wichtiges Tarnungsmittel für alle Katzen, und es ist bei nahezu allen Katzenjungen, unabhängig von der Färbung der erwachsenen Katze, vorhanden. Es gibt zwei Grundmuster: beim *Classic Tabby* (gestromt) verläuft das Muster an den Seiten in konzentrischen Kreisen und in drei Linien über die Wirbelsäule, beim *Mackerel Tabby* (getigert) verlaufen parallel vertikale Streifen über die Seiten, und ein Streifen befindet sich auf der Wirbelsäule. Eine Variante des letzten Musters ist *Spotted Tabby* (getupft). Bei diesem sind die Parallelstreifen aufgebrochen und bilden Tupfen. Eine gestreifte Katze mit Stammbaum wird nur als makellos betrachtet, wenn Form und Verteilung der Streifen einem bestimmten Muster entsprechen. Die Tiere sind gewöhnlich braun oder rot (rötlichbraun), aber Silber und andere Farben kommen auch vor, vor allem bei Katzen mit Stammbaum.

Index

Kursive gedruckte Seitenangaben beziehen sich auf Bildunterschriften.